U0551836

青春
並不温柔

蘇奕瑄

島座放送

推薦語

二〇二四年在某個契機下，邀請蘇奕瑄到課堂來談過兩次劇本寫作。不知道為什麼，她的人與電影與小說始終給我一種不很世故的少年感。那種少年感，說是天真好像並不準確……比較接近的，可能是一種犢的眼光：小犢之眼靠上攝影機的觀景窗，看出去的世界是什麼？在青春的濾鏡底下，衝撞或許也是一種和世界連結、產生溫度的方法。於是小說或電影裡的學運或者歷史，似乎都是一種個體通往世界的過道。有人浪擲青春讓出世界的空位，有人在青春的碰撞裡撿回自己。這與其說是一個三十年前的故事，毋寧是世世代代小犢們通往成年的神話。

——**言叔夏**（作家）

雖然書名叫《青春並不溫柔》，但我認識的蘇導本人卻是異常溫柔的人，總在一些別人看不見的地方，深怕任何人沒有被接住的，好好從故事中，從影像作品中，接住那些快要墜落的靈魂。

——**連俞涵**（作家，演員）

先看電影再看小說是神奇的經驗，神奇在此反向式的閱讀不忙於檢視原著與改編之間的再現問題。小說所增補的細節刺激讀者回想並反覆叩問：季微是怎樣的人？魏青又是怎樣的人？如果說，主角是主題的載體，那這兩位主角所承載的，並非愛與自由本身，而是對這兩種價值的追求。影像與文字兩種媒介的辨證關係，進一步凸顯了此主題的動態性質——該次學運或止於九〇年代，但愛情繼續，而我們也仍在追求愛與自由的路上。

——**陳穎**（**陳瑄**）（大學講師、影評人）

九〇年代是一個臺灣最重要的時代，那是個追尋自由、期待國家更好的年代，有人說歷史是重複的，臺灣人一直在追尋成為一個臺灣人的樣貌，也是掙脫困境成為自己的過程。

《青春並不溫柔》是兩個女生的愛情故事，從九〇年代回望今日，我們仍然在追尋自由、找到自己，臺灣需要多一些不同的時代故事，這也是一個女性觀點的抗爭故事。

——**鄭心媚**（《零日攻擊》製作人、金鐘編劇）

青春的期限是如此地短暫，短到——通常在我們開始辨認出青春為何物的時刻，我們正在離青春遠去。然而，在每個大人的靈魂深處，青春的躁動卻從未真正停息。它隱藏在我們對自由的渴望裡，潛伏於不經意湧起的激動混亂，一張未完成的素描，一首重複彈奏的鋼琴曲。

《青春並不溫柔》將兩場風暴交織在一起——一場關於罷課抗爭的外在風暴，一場關於情感探索的內心風暴。當這群美術系學生為了創作自由，勇敢挑戰學校體制，面對現實的冷酷與權力的壓迫。而在抗爭舞臺的後臺，是兩個女生從陌生到親近，從曖昧到激情，彼此吸引卻又害怕靠近。情感糾葛成為青春探索自我與界線的縮影，不斷撕裂的內心，推動她們重新認識自己，與這個永遠看不清楚的世界。

青春之所以短暫，是因為這個社會，亟欲養育我們成為大人。催促我們更加成熟、理性、守規矩，卻忽略了青春教會我們最重要的一課——如何反抗、如何愛，如何在混亂與迷惘中，堅守自己內心最清晰的聲音。

《青春並不溫柔》的故事像一場青春的實驗，赤裸地呈現出理想與現實碰撞時的痛楚與勇氣。提醒我們，青春並非溫順的成長，而是一次次撕裂與縫合的過程，一次次試圖守護某些真實情感卻又不斷妥協、終究無法妥協的掙扎。

即使青春終將離去，我們仍會在心底偷偷懷念它的野性與純真，並在某個瞬間，重新遇見那個曾經相信一切皆有可能的自己。

——**鄧依涵**（《第一次遇見花香的那刻》第一季導演）

重新藉著小說再理解一次季微的內心世界，小說寫出了更多更深的季微、還有魏青，自己好像也可以成為一個客觀的讀者，一樣隨著她的喜怒哀樂起伏悸動，身為演員的我能與電影裡的季微相遇，我很開心，也希望讀者可以藉由這部小說，找到屬於自己心中的季微。

——**李玲葦**（演員，飾演梁季微）

青春像是一片深藍的海，天光照不進它的深處，只有浪潮在暗中翻

湧。偶爾，海面上的泡沫會帶來片刻的閃亮，然而，那些不安與渴望早已融入無盡的深藍之中。《青春並不溫柔》便是這片海，它用細膩的筆觸，描繪了我們無法言說的迷茫與驚嘆。

魏青，是我在電影中飾演的角色。她像一朵隱祕的浪花，來自看不見的深處，帶著憂鬱的餘韻和決絕的光芒。她的每一步都是對世界的質疑，每一次停留都像是在探尋更遙遠的自由。她的憂鬱並不壓抑，而是像潮汐一樣，時隱時現，卻從未停止。當我演繹她時，常感覺被她的沉默與倔強吞噬，像是被拉入一場永無止境的海浪。

青春不是平靜的湖，而是一片未知的海……我們無需理解所有的波濤，只需學會擁抱不完美，並勇敢地向深處潛行。

或許自由就在其中，它不在遠方，而在我們每一次迷失與追問之間。如果你曾在青春裡徘徊、掙扎，也曾試圖觸碰自由的邊緣，那麼《青春並不溫柔》會成為你記憶中的一部分，像海浪拍岸，帶來溫柔的刺痛與深沉的餘韻。

青春，因它的不確定，才如此迷人。

——**葉曉霏**（演員，飾演魏青）

才剛開始看了幾頁，九〇年代復古的濾鏡就開始浮出，再次回到不溫柔的一九九四年，覺得書比原本電影劇本多了更多細膩情感和人物背景可以去感受，這故事看過電影的人也許很熟悉，但看書時在你腦中浮現組成的又可以是不一樣的《青春並不溫柔》。非常推薦看過電影的你也能細品文字帶來的感染，當然沒看過電影的話，記得看完書可以去看電影哦！

——**張洛偍**（演員，飾演阿光）

自序——小說是更純粹的創作

記得年輕時在書上看過一段描述，所有的故事在被訴說之前都已經存在，只是等著創作者創作出來而已，當時這個說法令我很著迷，也相信在世界的盡頭有一棵故事樹，上面長滿了故事的果實，這個概念成了後來我開始寫小說故事的 Blog 名。

我對故事有一種執著和著迷，可能是這樣，我才會如此愛著可以幻化想像為真實的電影。

但十幾年前我還在巴黎念電影時，拍電影對我來說還是個未開啟的漫長旅程，當時我腦海中有很多的故事想說，小說趁隙承載了我說故事的媒介，在開始拍電影前，我的創作幾乎都是小說。

我可以說是先學會用小說說故事，才開始用電影說故事的，這件事可能很多人都不知道，我並非文學相關科系出身，我只是把我腦海中的想像畫面、角色感受和氛圍，極盡方式用文字表現出來，也許也是這樣視覺性的思考，讓我後來開始寫劇本、拍電影。

我一直覺得小說是比電影還更純粹的創作，是一個想像無法折損的載體，每個人對文字的想像都有一個完美的風景；而電影是一個太大的工業體系，從劇本、拍攝、剪接到成片牽涉到太多現實，每一步都在與你的想像不斷地拉扯，但卻又是讓你的想像成真的體驗，這兩者說故事的媒介都讓我很迷戀，即使已經十年沒有以小說的形式說故事，我依然非常喜歡寫故事，沒想到《青春並不溫柔》在成為電影後，可以擁有另一種想像的世界。

《青春並不溫柔》從影像形式轉成小說體後，延伸出很多電影裡面未知的故事，她可以更深入季微和魏青的內心，也補足了在影像上面侷限和無法傳達的部分，也完整了一九九四年，我腦海裡美術系抗爭下那段激情與迷惘的愛戀。

對已經看過電影的觀眾來說，你們也許可以在書裡面看到另一種想像的美；對還沒看過電影的觀眾，歡迎光臨《青春並不溫柔》的世界；對我來說，《青春並不溫柔》這個故事已長出豐美的果實，她會脫離我這個創作者，隨著機遇之風，飄揚各地、遇見新的人們、化作新的種子，跟文字前的你們，進行一場心的交流與想像，那是我無法介入的部分，那是屬於眾多人的《青春並不溫柔》。

小說是更純粹的創作

目次

推薦語		5
自序	小說是更純粹的創作	12
Chapter 1	新世界	20
Chapter 2	薛西弗斯	46
Chapter 3	祕密	64
Chapter 4	關於愛	78
Chapter 5	角色	96
Chapter 6	矛盾	108
Chapter 7	鋼琴	138
Chapter 8	分崩離析	154
Chapter 9	在孤單的荒原	172
Chapter 10	夏	180

Chapter *1*

新世界

高速公路上的車從旁呼嘯而過，時序已經步入春天了，三月初灰色的天空裡，飄著毛毛雨。

細小的雨滴悄悄地附著在車窗上，被風吹得晃蕩飄搖，窗戶的倒影上映照出季微的面容，她看著窗外的道路，眼神像小動物般充滿警覺。

「等下下交流道後要靠右邊走。」季微手裡拿著一份地圖，邊跟開車的母親說。

「好。」

「其實你可以不用送我的，我可以坐客運。」

「你行李這麼多，還有畫架，又下雨，不方便吧？」

母親雙手緊握著方向盤，雖然是戰戰兢兢的模樣，但也跟季微一樣堅定。

「買了車總是要練習吧？」母親笑笑看季微，「不然要車子幹嘛？」

季微不置可否，她跟母親都有某方面的固執，那可能是血脈間的相似和理解，就像這次是十九年來季微第一次離開家裡出來外面住宿舍，然而對母親來說也是一個新的開始。

「我年輕的時候，偶爾會偷開你阿公的車出去玩……」母親帶著一點調皮感，吐露了季微從不知道的過去。

「你無照駕駛？」

「鄉下地方又沒什麼車啊……」母親輕笑著，「其實結婚後也一直很想去考駕照，但你爸就說不用……」

提到父親，季微的神色沉了下去。

「他最近有打電話回來嗎？」

母親搖搖頭，「簽完字就沒聯絡了，回去大陸了吧。」

母親用「回去」這個動詞，季微才忽然理解到，海峽對岸的他方已成了父親「回去」的家鄉。

年初父母兩人辦了離婚手續，結束了多年來有名無實的婚姻。

季微記憶裡的父親始終是溫和體貼的模樣，直到前幾年中國開始發展，原料和人工的低廉造就了大量的工廠和臺商西進設廠，父親也背著淘金夢去了中國大陸，本來是想要給母女倆更好的生活，但更好的生活沒有等到，卻換來了一場家庭離散。

季微第一次學到「包二奶」這個詞。原本每個月父親都會回臺一次，然而隨著距離所加深的寂寞、分開兩地的隔閡，相聚的時間從一個月變成三個月，接著是一年半載，季微漸漸不懂父親的世界，在海峽的另一邊，父親與他的新家庭和新生活。

母親察覺了季微的情緒，「你還在氣他？」

「他這樣也太不負責任了吧？」

「算了，你都要二十歲了，我們也不需要他照顧，就好聚好散吧。」

母親倒是比想像中泰然地接受了這件事，或許季微知道，比起婚姻，母親生命中有更想完成的事，但那些事卻因為婚姻，而成了未完成的事。

或許季微也知道，她真正生氣的並不是父親，而是對世界變幻無常的一種不甘而已。

廣播裡傳來新聞播報的聲音，南非即將舉辦自由選舉，總統李登輝計劃前往南非參加新任總統的就職典禮，臺北也即將舉辦升格直轄市後的第一次市長直選，一九九四年彷彿也是一個新世界。

車子在一棟公寓前停了下來，撐著小碎花雨傘的女孩心美在街道旁等著她們。

「你怎麼在這裡等我們啊？不是下雨嗎？」季微一看到心美就開心地說著，兩人的好感情顯露無遺。

「我怕你們找不到路啊！」

新的宿舍座落在中正區的小巷弄中，房東將三房的老公寓租給了學生，其中一個房客是體育系三年級的學姊小雯，另一個就是季微美術系的好友張心美。

老家在嘉義的心美是普遍來臺北的遊子模樣，穿著流行的高腰褲和襯衫，想要融入這個城市，熱衷於臺北的生活、新事物和戀愛。

「上大學談戀愛是必修學分啊！」上學期時，心美總是耳提面命在季微身邊說著，「有一場轟轟烈烈的愛情，多浪漫啊！」

心美總沉浸在瓊瑤劇女主角的幻想中，但她的戀愛卻是平平淡淡，而且還是個配角的走法。

心美有個青梅竹馬的戀人小馬，是紡織工廠的第二代，高職畢業後就在家裡的工廠幫忙，因為兩家人很熟識，大家就自然而然覺得兩人要在一起。家鄉的男友非常傳統，每天都要心美跟他講電話，所以心美總是一天到晚拿著 Call 機等小馬的 Call，季微不能理解每天三餐報備的意義，但心美總是說：「季微你不懂啦，談戀愛就是這樣啊！」

就連此時，心美邊幫著季微整理行李，仍舊不時看著自己的 Call 機。

「我跟你說你真的很幸運，之前住這裡的學姊剛好搬走，我才趕快跟房東說你要住，不然下學期很難找到空房的，而且還是跟我一起住，你說你是不是太幸運了？」

「對對對，你真的是我的幸運星。」季微邊整理著油畫畫具說著。

心美原想再唸些什麼，但她的 Call 機響了，她拿出來看了一下，表情喜滋滋的，季微一臉疑惑，「怎麼啦？」

心美把她的 Call 機秀給季微看。

「5377880？什麼意思？」

「吼，梁季微你怎麼連這都不知道？」

季微還在想著那一串密碼的意思，但心美不想管她，「你趕快收一收，我要去回我的小馬 Call 了。」

心美走到門口又轉頭叮嚀季微：「你去辦個 Call 機啦！現在大家都有 Call 機，你再不辦就要變成 LKK 了。」

其實季微不是不想辦 Call 機，是她不覺得有必要。

季微在班上的朋友不多，她沒參加社團也沒有去聯誼。上學期父母正在談離婚的事，那時剛上大學的季微每天往返桃園家裡和臺北通勤，她想多陪母親一點，自然忽略了校園裡的社交活動，再加上與其跟大家一起，她寧願花時間去畫畫。

季微會跟心美變成好友，是因為開學那天新生訓練時，心美就坐在她旁邊。為了打發樣板無聊的校長演講，季微在新生手冊上亂塗鴉，炭筆的粉末沾到了臉上，心美看到，忍不住笑了起來。

「同學，你臉上……」

季微抹了抹臉，沒想到越抹越嚴重，心美笑翻了。

季微不是美術系科班出身的，不過她從小就喜歡畫畫，小學的時候父母親送她去學了些素描水彩基本的技巧，後來她又學了油畫。

高中時她跟母親說想念美術系，但美術聯招的考試很制式，季微還因此去上了補習班，學習入學考試需要的作畫技巧。原以為上了美術系後就能隨心所欲，但課程距離季微心中對創作的想像還有一點差距。

下學期最重要的是系主任的課。

系主任簡永行幾年前調來華漢大學，當時以新氣象之名整頓了美術系。「整頓」是一個說法，但事實上是安插自己的人事，原本應該多元發展的美術系成了只有符合系主任標準的才是藝術。

但季微知道這些事情都是後來的事了，在陳尚彥還沒有傳紙條給她之前，她也只把系主任當作其中一個老師而已。

事情發生的那天原本是個尋常的午後素描課，那天天氣很好，窗外的樹影搖曳，在美術教室裡的學生圍成一圈，正對著中央的石膏像素描。同學們畫紙上的石膏像都非常工整，但季微的畫沒有規則，炭筆的筆觸張狂魯莽，她專注在畫裡，直到心美拍了拍她，心美用下巴指指坐在季微對面的陳尚彥。

「他在偷瞄你。」心美用氣音說，然後竊笑著。

「啊？」季微沒聽清楚，只是直接朝陳尚彥看去，對他一臉疑問。

此時陳尚彥傳了一張紙條給季微，紙條經過好幾個同學才到季微面前，上面寫著：「你在躲我嗎？」

季微看了內容後直接對陳尚彥搖搖頭，繼續回到畫作上。

陳尚彥看到季微的反應後焦躁起來，他又傳了一張過來，同學們八卦著兩人的互動，有些不專心在畫作上。

季微有些煩，正要打開紙條時，一個身影從身後把季微的紙條搶了過去。

簡永行拿了紙條，以輕蔑的口氣唸了出來：「你怎麼都不接我電話？你怎麼了？」

季微沒想到系主任會唸出來，他的口氣帶著令人不悅的訕笑，讓季微覺得有點難堪。

「系主任，你這樣隨便唸別人的紙條，我覺得很不舒服。」

季微只是憑直覺講了出來，沒想到此舉引來簡永行臉色一變。

「你傳這種紙條還怕大家知道？」

「這紙條又不是我寫的。」季微理直氣壯，看向陳尚彥。

陳尚彥馬上站起來，「系主任對不起，是我的錯。」

簡永行對陳尚彥的道歉感到滿意，點點頭示意他坐下，然後繼續看著季微要她道歉。

季微這下更疑惑了，「我又沒做錯事，紙條又不是我寫的……」

季微又講了第二遍，但公開質疑系主任這件事，已經讓簡永行覺得權威被挑戰，他怎樣都要硬逼這個小女生道歉。

「你一個女孩子怎麼這麼會頂嘴？」他打量著季微，她頭髮凌亂、臉上還沾了些炭筆的粉末，又瞄了下她的畫，完全不是制式的畫法。

「你知道一個人是什麼樣子，從創作就可以看得出來，你的畫毫無規矩、基本的構圖技巧和傳統都不重要了？你的頭髮也要好好整理吧，它就跟你的畫作一樣亂！」

季微覺得荒謬，沒想到簡永行會講到她的創作，還有頭髮。

「我的創作跟我的頭髮有什麼關係？我是來畫畫的，又不是來選美……」季微越講越生氣，「而且我的頭髮亂又怎樣？我是用頭髮畫畫嗎？」

季微毫不遮掩就把內心的話都講出來，周圍幾個同學忍不住笑了出來，簡永行的臉色比剛剛更僵。

「你要不要看看你自己什麼樣子？一個黃毛丫頭還敢跟老師說這種話？」

季微還想說什麼，心美對她使眼色，要季微不要再說了。

季微止住了話，但表情沒有要屈服的意思，她仍舊一言不發。簡永行看季微完全沒反應，一手撤下她的素描圖，「給我重畫！」

季微感到困惑且不甘，很想站起來說些什麼，卻被心美拉住，心美對她搖搖頭，示意要她不要衝動。

「不要以為美術系就沒規矩了，尊師重道才是念大學的重點，你們才大一，可別跟某些人一樣，連基本做人的道理都不懂！」

簡永行趁機對這些大一的新生們下馬威，季微不甘心地望著地上那幅自己的琴女素描，彷彿在幽幽嘆息著。

季微和陳尚彥的孽緣是在上學期結下的。當大一所有人都忙著開始大學新生活、到處玩樂聯誼時，季微都沒有參加這些活動。她的功課一直很好，陳尚彥是班上第二名，排在季微之後，也許因此吸引了陳尚彥的注意。

陳尚彥約季微看過一次電影，季微在心美的慫恿下抱著嘗試的態度赴約。

那時全世界都在看《侏羅紀公園》，看著史前的恐龍以逼真的樣子呈現在大銀幕，所有的觀眾都為之瘋狂，兩人不免俗地也看了這部片。

看電影的時候，陳尚彥表現出他很知道劇情般不斷地跟季微講話，藉著在電影院裡靠近季微，季微那時還未察覺陳尚彥的意圖，但是看電影的興致全被打壞。後來陳尚彥送她去車站，陳尚彥一直講著他要去考教職，不同考試出來的公職人員薪資有所不同，那些季微完全聽不懂也不在意，兩人的話題跟當時巷弄中正在練琴的琴聲一樣，零零落落。

後來季微沒再答應陳尚彥，但在學校吃飯的時候，他常常會坐到她和心美旁邊，彷彿他和季微很熟稔般加入兩人的話題，心美總是會在旁看好戲。

有次下課時，心美問季微幹嘛不跟陳尚彥交往看看？

「他很無聊，就跟他的畫作一樣無聊……」季微直覺就這樣說了出來。

心美被季微逗笑，「感情可以慢慢培養啊！」

「如果沒話講要怎麼培養？」

「就隨便聊啊！聊天氣、學校老師還是什麼的？我跟小馬就聊這些啊！」

季微疑惑，她想像中的戀愛不是這樣的。「我們根本話不投機三句多，我不懂為什麼他要一直煩我？」

「我看他根本因為自己是永遠的第二名，所以想在男女關係上贏過你！八成是男人的征服欲……」

心美講得儼然兩性大師，季微更不懂了，成績跟交往有什麼關係？

季微原想再問心美，但心美瞄向正在跟簡永行討教的陳尚彥，「他連下課都在跟系主任請教，很會做好學生……」

季微不以為然地癟癟嘴，上次跟系主任衝突之後，現在素描課季微都會把頭髮綁起來，風格也收斂很多。她剛剛從畫架上撤下的那幅大衛像，所有工法筆觸都是標準的模樣，放在所有的學生作品中也認不出來是她的。

兩人收拾完畫具，經過簡永行面前要離開教室時，陳尚彥突然上前，「季微，系主任說週六可以幫我們在畫室補課，你要不要一起來？」

陳尚彥因得到這機會沾沾自喜，忍不住想跟季微分享，沒想到季微對他或是簡永行看似和藹的笑都感到不適，一時說不出話來。

陳尚彥更靠近她，像是要提醒她一樣，「你還是來一下啊，系主任他其實很關心學生的……」

眼前系主任和陳尚彥的目光讓季微不知如何是好，心美見狀正想上前打圓場，但季微已脫口而出：「我沒空，我不要去。」

季微講完便匆匆離開教室，心美不知所措趕緊跟上。

「季微……」心美在後面叫著她，「系主任剛剛在旁邊欸……」

「我已經照他的方式畫了，為什麼還要去什麼畫室？」

正值下課時間，走廊上來往的同學在討論著什麼，季微的腳步有點快，彷彿要丟掉那種不舒適感，完全沒發現周圍的騷動。

這時一個戴著鴨舌帽的男生和一個用薄圍巾蓋著半張臉的短髮女孩朝她們走來，塞了兩張傳單到季微和心美手中，兩人嚇了一跳。

「請支持創作自由！」

「這什麼？」

季微都還沒有搞清楚狀況，走廊另一頭就傳來嚇阻的哨子聲，教官、助教和一個老師迎面跑來，「同學！你們在幹嘛？」

正在發傳單的兩人拔腿就跑，教官拿著幾張傳單對圍觀的同學大喊著：「這種沒有根據的黑函不要相信！」

「創作自由萬歲！創作自由萬歲！」

那兩人的吶喊聲還在迴盪，助教和老師趕緊回收走廊上同學手中的傳單，季微趁隙把傳單夾到了畫冊裡。

尋常的校園裡發生了這樣的騷動，學生們都議論紛紛。心美從幾個學長姊那邊打聽到，匿名傳單在兩天前就開始出現，校園的公布欄在一個晚上被貼滿了藍色的傳單，上面寫著「簡永行濫權」、「箝制創作自由」

的字樣，及幾行控訴美術系系主任簡永行在系上以權威控制學生，把美術系變成一言堂。

「聽說教官和助教都在找是誰在散布傳單。」

「但傳單上寫的也沒錯啊，系主任就是喜歡那些拍他馬屁的吧。」

「像是陳尚彥。」

兩人為此調侃了陳尚彥一番，以為這件事就是平凡校園中的一小段插曲，沒想到卻只是個開始。

幾天後，西洋藝術史的課堂上，黃老師正在講述著印象派的緣起，照本宣科的內容讓季微頻頻打呵欠，她在講義裡莫內的畫作〈睡蓮〉上塗鴉，每個蓮花上都被畫了一隻小青蛙，心美則把梵谷的〈星夜〉畫了一個外星飛行船，兩人沉浸在不專心的小世界中。

此時一個男孩低沉的嗓音正在問著老師問題：「老師，我們臺灣的藝術已經越來越有本土意識，美術系的課程是不是應該也要跟上時代，而不是只有這些西洋藝術……」

「這就是藝術史，我們所有人都要知道的。」

「這些都是為了考試而存在的吧！我們早就知道印象派、抽象派這些什麼的，但我們臺灣也有自己的歷史啊！為什麼我們都沒在上臺灣的藝術史？」

季微的注意力頓時被吸引了，她轉身看向聲音的來源，講話的不是自己的同學，而是留著正流行的郭富城髮型，一個俊朗乾淨的男孩。

那男孩還在繼續講著：「現在是一個新時代，在藝術方面，美術系應該要跟得上時代，對於什麼樣是一個好作品……」

「王毅光，你的藝術史不是早就修完了嗎？」黃老師顯得有點尷尬，打斷了王毅光的問題。

此時坐在王毅光旁邊，一個梳著油頭、粗獷魯莽的男同學直接說了話，他一開口就是道地的臺語。

「老師，畫圖是可以用分數打出來的嗎？」

「吳大保，請你舉手再問問題……」

大保心不甘情不願地舉著手，但黃老師卻無視他，只是繼續念著課程講義：「塞尚的創作多以形體結構，創造出形象的重量、體積還有穩定感，他成為後來立體主義和抽象主義的始祖……」

大保的手還舉在半空中，學生們有些不知所措，那隻手像一個異議的鬼魂，彷彿只要被當作空氣無視的話，就可以假裝不存在。

但是黃老師刻意忽視的行為並沒有讓事情劃下句點，大保不以為然，從他身旁拿起一幅油畫畫作，倏然起身。

「各位同學，大家覺得這幅畫怎麼樣？」

大保的行徑吸引了同學們的注意，季微也轉頭看著那幅畫，上面的構圖結合了許多臺灣土地的元素，工人與農人，左上角有一個「法西斯」的字樣。

「這是你們大四學長鄭泰德的作品，這油畫一層層的技法很厲害吧，但是呢，我們黃老師竟然給他打了超低分，當掉他……」

「吳大保！你是美術系念五年不夠，還要念第六年嗎？」黃老師嚇阻他。

大保冷冷地質疑，「老師，是因為系主任要你當，你就當掉他吧！」

大保挑釁的行為將衝突升到最高點，臺上的黃老師勃然大怒，「吳大保！你們不要影響其他同學上課，出去！不然我要請教官來！」

王毅光拉拉大保，示意已經夠了，兩人收拾東西離開教室，在離開前大保還在唸著：「你就是心裡有鬼嘛……」

學長們公然挑戰師長權威的事情很快就成了學生間的新話題，那些關於事件發生的原委也在同學間拼湊出來。

下課後，心美一步出教室就跟季微說：「剛剛那是系學會會長王毅光欸！」

「誰？」

「美術系系學會會長啊，吼，你真的是要多參加系內活動，怎麼會連美術系的風雲人物都不知道……」

但季微只是想著剛剛那幅畫，沉浸在自己的世界裡，「我覺得那幅油畫畫得很好，畫風好大膽欸……」

「畫得好有什麼用？我聽說那個學長被二一了，有三個教授都當掉他，系主任、老劉……另一個就是黃老師，大家都說是系主任主導的……」心美刻意小聲地說，彷彿隔牆有耳。

兩人經過布告欄，布告欄上也被貼上藍色的傳單，幾個學生正在圍觀湊熱鬧，助教一面指揮著學生撤下傳單，一面阻止學生們的圍觀。

「現在大家都在傳這件事，那學長都要辦畢展了，但我沒想到王毅光會直接在課堂上質疑老師，這也太帥了吧……」

心美話還沒說完，陳尚彥就看到季微，他拿著一張成績公告走了過來。

「季微，素描成績公布了，你要不要看一下？」

陳尚彥一臉遺憾，把成績公告遞給季微，心美也湊上前看。

季微的名字旁邊寫了一個三十六的數字。

「三十六分……你素描明明很強，怎麼會是這種分數？」心美首先抱不平。

陳尚彥也跟著說：「你這樣下去素描會被當掉，除非期末考考好，只是現在你跟系主任的關係……」

陳尚彥的話沒有安慰到季微，反而引起她更大的情緒。

「什麼叫做我跟他的關係……我要去找系主任！」季微沒等陳尚彥

回話，便轉身快步離去。

「欸！季微，要上課了欸！」儘管心美在後頭喊著，季微仍然頭也不回地往系主任辦公室走去。

上課鐘聲已經響起。

系辦公室內有幾個座位，擺放著各式雕刻和美術用品，系辦公室最裡面的房間就是系主任辦公室。

系主任辦公室的門是開的，季微直接走進了系主任辦公室。

「我想問我的素描成績。」

簡永行坐在「春風化雨」的書法匾額下，抬頭看了一下季微。

「我已經照你的規矩畫了，我不知道這分數是怎麼來的？」

季微沒有修飾自己的想法，一股腦地倒了出來。

簡永行看著她，不急不徐地說：「聽說你功課很好，所以覺得自己很厲害？」

他的回答讓季微頓時無法理解，她不懂這兩者的關聯。

「你關心你的成績，卻用這種態度跟老師要分數？現在年輕人是怎麼回事？你爸媽有教你尊師重道嗎？」

季微更被搞混了，「我爸媽跟我的素描有什麼關係？」

「我告訴你，一個女孩子要守本分，該閉嘴的時候就要先閉嘴！」簡永行氣勢淩人，季微這時才發現自己孤立無援。

「你先去學會禮貌再來跟我談吧！」簡永行笑笑地跟她講完，便繼續做自已的事。

季微覺得氣惱和困惑，她想講些什麼卻無法組織成句，只好氣餒地走出系辦。

系辦外的走廊上，一個女學生正在牆壁上胡亂貼著藍色的傳單，這時助教正從樓梯走了上來，她瞄到助教後拿了剩下的傳單要轉身離開，季微沒注意直接撞上了她，手上的傳單掉了一地。

季微反射性地蹲下去幫她撿，這時助教看到整面牆被貼了傳單，還有兩個現行犯——

「你們在幹嘛！就是你們亂貼傳單！」

那女學生一見事跡敗露，趕緊拉起季微的手，「別撿了！」

季微還沒搞清楚狀況，就被拉著跑。

兩人躲進了畫室，畫室裡掛滿畢製的大幅染布，還有一張寫著「畢業製作，請勿觸碰」的牌子。但那人完全不理那些警語，直接撥開染布，拉著季微躲到最裡面，季微反射性地掙扎，「我又沒做錯事，我幹嘛躲啊？」

外頭傳來了腳步聲，對方作勢要她安靜，畫室裡只剩兩人的呼吸聲。畫室的窗戶沒有關，風把布吹得輕輕晃動，她的臉龐在布間若隱若現，季微這才仔細看清楚那人的臉龐。

那女孩雖然有點緊張，但眼裡並沒有什麼恐懼，更多的是戲謔和有趣，她的五官立體分明，有稜有角，眼神卻像玻璃一般脆弱。

此時助教走了進來，鞋跟在地板上喀噹喀噹響著，季微才發現不知道是因為助教靠近或是其他什麼原因，她的心臟狂跳著。

「助教，陶藝教室外的窗戶也全都被貼了傳單……」別的同學跑來的聲音打斷助教的腳步聲，隨著腳步聲漸漸遠離，兩人這才放鬆了下來。

「好了，沒事了……」那人伸手撥開前方的布，走了出來。

季微手裡還握著一張被捏爛的傳單，「欸，你到底在幹嘛？就是你們在發這些傳單？」

「對啊。」她一邊撥著染布，答得隨意，好像季微問了一件日常小事。

「靠幾張傳單能改變什麼嗎？」

對方停下了動作，「能不能改變要做了才知道。」她定睛看著季微，「反抗不一定有用，但不反抗一定沒用。」

她臉龐有著不可一世的傲氣，卻又舉重若輕，「你有興趣的話，明天下午五點階梯教室。」她揚起嘴角輕笑著，「來找我們。」

Chapter *2*

薛西弗斯

原本是要討論明天的公開集會，但魏青說要去美術系系辦外貼傳單時，大家都嚇了一跳。

「美術系系辦外是一個指標性的地點，是個精神上的堡壘……」

「像那個什麼諾曼第大登陸一樣！」大保舉著空酒杯，大聲吆喝著，小吃店裡的客人看了大保一眼。

「我們又不是在打仗……」留著馬尾的系學會副會長楊宣淇調侃大保。

「這本來就是一場戰爭，不管是什麼樣的形式……」

魏青話還沒說完，坐在他旁邊的阿光打斷了她。

「你說的沒錯，但誰要去貼？那裡我們幾個一靠近就會被助教認出來。」

魏青有時不喜歡阿光這樣，他明明心裡有答案，卻還要假裝詢問大家的意見。

「我可以去！」

大保搶先回答，魏青覺得大保真的是不適合搞政治，阿光果然皺了皺眉，魏青接著說：「我們明天就要公開集會，等同學們一過來，都知道是誰在策劃了，去系辦貼傳單只是一個精神上的反抗……」

「這件事我是贊同魏青的。」宣淇邊吃著小熊軟糖邊說著：「尤其在集會前夕，這件事會鼓舞大家。」

「我們需要的是站上前方，帶領學弟妹們，我認為在系辦外貼傳單這件事倒是不一定要做……」阿光再度否決。

「這件事是我提起的，我自己去就好。」魏青停頓了一下，「反正他們也不敢對我怎樣。」

魏青講這句話時，大家都安靜了，彷彿說出了她背後所代表的意義，是一種不能說出的詛咒，這句話顯示了魏青身後無法擺脫的陰影，那個陰影巨大到可以令現實畏懼。

於是魏青一人去貼了傳單，卻撞上了一個程咬金。

即使跟阿光在一起快兩年，她從來不曾到美術系找過他，現在她卻和一個陌生女孩，闖進這個看起來很像染布工坊的空間裡。

魏青仔細地打量眼前的女孩，她不甘願地躲在染布後面，大大的眼睛看起來無辜純真，她發現了魏青在瞄她，一閃而過幾秒鐘的不知所措。

魏青也反射性轉開了目光，彷彿季微眼裡有個不可觸碰的禁忌，而她不能冒犯她的目光。

助教離開後，魏青才走了出來。

「靠幾張傳單能改變什麼嗎？」那女孩問她，一問就問到最核心的部分。

其實魏青也不確定這世界能不能被改變，她是偏向悲觀的，但她只知道她得這樣做，不這麼做，她就什麼都不剩了。

「反抗不一定有用，但不反抗一定沒用。」

女孩張著骨碌碌的眼睛望著她，思考似地歪著頭，那個瞬間魏青不合時宜地覺得可愛，她對她笑笑，「來找我們。」

階梯教室裡坐了三十多個學生，臺上是阿光、宣淇、大保和幾個系學會成員。

此次引發事件導火線的事主鄭泰德，他看起來一點都不像會頂撞老師的樣子，有些老實和憨直，他不習慣自己成為焦點，有點害羞地抓抓頭站在講臺旁邊，讓阿光主導著一切。

「泰德在準備畢展的時候被二一了，我們系主任給他的理由是『該生學習態度不佳，油畫水準低』，意思是什麼？是因為他沒有跟我們偉大的系主任鞠躬答禮，才被二一的……」

魏青靠在牆邊看著大家，既不靠近也不離開，就像她的身分一樣，她始終找不到自己的定位，即使所有人都覺得她的存在理所當然，她還是有種「因為她是王毅光的女友」這種依附侷促的感覺。

此時魏青發現了她，那個在染布工坊的女孩，她仍舊跟昨天一樣張著好奇的眼睛，在聽著阿光講話。

「簡永行身為系主任不僅濫權，更用權勢來脅迫我們的創作自由……我們要求系主任簡永行立即下臺！」

這不是美術系第一次發動要罷免系主任的抗爭，據大保說在他大一時，簡永行才剛調來美術系，就因為整肅異己的作風，讓學長姊發起罷免，可惜那時未成氣候，因為連署人數不足而作罷。

四年後，簡永行鞏固勢力後更加強勢，已讓同學們頗有怨言，此次從匿名黑函開始，學生們給的反應算是正面，也讓系學會多了些底氣，決定再發起一次罷免連署。

聽到要求系主任下臺的事，學生起了騷動，宣淇補充著：「我們現在發下去的是連署書，事關學生權益，學生如果只靠和教授打好關係才能畢業……」

宣淇話還沒講完就被打斷了，教官帶著學務處林主任衝了進來，「你們沒有申請，不能在學校非法集會！」

「教官，已經解嚴了你知道嗎？」魏青反射性地說了。

魏青的話讓教官有點忌憚，但更明顯的是因為她的身分，「總之，所有同學給我立刻離開，不然我通通都記過！」

「我們在這裡又有什麼問題？難道連學生在哪裡做什麼事學校都要管嗎？」

臺下突然傳來這樣的質疑，魏青望過去，是那天在染布間的女孩，她有如初生之犢的模樣說著。

「同學有話可以好好說，不應該對系主任做人身攻擊……」

林主任跟和事佬一樣，安撫著同學，但學生們似乎不接受這樣的說法，叫囂聲此起彼落。

集會無疾而終，學生們離開了現場，連署書的數量也不夠造成影響。

幾天後，學校給了一個回應，卻是登了半版的報紙廣告，指出所有學生的指控都是抹黑和子虛烏有，這件事讓整個系學會氣炸了。

「我們在校內發幾張傳單，學校給我們刊這麼大篇的廣告說我們是什麼……抹黑一個優秀老師？」

大保總是第一個發表情緒，泡沫紅茶店的客人都被他嚇了一跳。

「大保……」宣淇示意他冷靜。

「我們怎麼樣都不可能去刊廣告回擊的。」負責系學會總務的大二女生敏莉無奈說著：「我查了一下，一篇半版廣告要二十幾三十萬。」

「這本來就是一場資源不對等的戰爭。」阿光說：「如果要比錢的話是不可能贏的。」

「我們最多的資源是什麼？」魏青問大家。

這個問題不言而喻，歷史上所有革命對抗的權力者，向來都是高牆的那一邊，而人民所擁有的眾志成城，是唯一的力量。

於是，系學會在藝術學院的廣場，發起了罷課。

原本空蕩無生氣的廣場被掛上了抗議標語：「創作自由」、「拒絕藝術獨裁」、「簡永行下臺」等字句，學生們三三兩兩或坐或站著。

廣場上聚集了近百個學生，大部分都是美術系，有些同學則是在旁邊看熱鬧。校園第一次出現罷課行動，學生們蠢蠢欲動，還沒有感受到罷課的嚴重性。

幾個系學會的成員架設了擴音器和喇叭，阿光手裡拿了份報紙，正在講話。

「各位同學、學弟妹，今天我們聚在這裡是為了改革美術系，之前系學會對系主任提出不適任的質疑，沒想到校方完全不理睬，還刊登了這樣的報導……」

阿光將手裡的報紙攤給大家看，臺下學生一陣譁然，交頭接耳。

「今天美術系發動罷課，是為了讓學校正視我們的訴求，尊重學生的意志，在學校沒有正視我們訴求之前，罷課不會停止！」

阿光眼神熠熠發光，像個救世主一般，魏青在臺下看著他，阿光總是可以講得義正辭嚴，沒有一絲懷疑，他對這種場合總是怡然自得，天生喜愛他人的目光和掌聲，也算一種領袖才能吧。

此時魏青再度看到了那個女孩，這次她也看到魏青了，她對魏青微笑。

魏青穿越人群，走向了她。

「這就是你們的計畫？發動罷課？」女孩依舊張著清澈的眼神問著。

「罷課訴求和聲明已經交給你們助教了，就看你們美術系怎麼回應了。」

魏青的說法讓她有點困惑，「你不是美術系的？」

「我是法律系三年級的，我叫魏青。」魏青笑笑，把手伸過去。

「季微，梁季微。」

季微看著她，她眼睛裡的光亮也像她的名字一樣，是季節裡的一陣微風，沁透進魏青沉悶的心裡。

學校附近半山坡上的三房公寓，是魏青的老家，小時候她曾經住在這裡一陣子，隨著父親在政治上開始嶄露頭角，一家人搬進了市區更好的大廈。

後來這個房子成了他兩個哥哥求學時的住所，相差七歲的哥哥們相繼畢業後，這裡也成為了她的外宿住所。因此公寓裡有各式各樣從父親到哥哥們留下來的書籍，然後再堆上魏青的書，魏青的書大多是關於哲學、存在主義和日本戰後文學。客廳還有一架被各式標語、旗幟等抗爭物品淹沒的鋼琴。

罷課行動得到學生們的認同，廣場上聚集了超過百名的學生，系學會的學生們大受鼓舞，晚上聚在魏青家慶祝。除了原本系學會成員外，還有新加入的大二班長文嘉，他穿著高級 POLO 衫，秀氣斯文的樣子；季微和心美也跟著魏青加入學生們，她們的同班同學小民也在其中。

「我們以前的藝術都在學西方，沒有臺灣本土的特色，只是複製西方的形式，像是美術聯招也是一種過時的考試，只是要我們每個人都畫得一樣……」泰德講到創作，眼神變得興奮許多，酒酣耳熱下少了靦腆，「這些考試才是真正扼殺創作。」

另一邊文嘉和宣淇正在討論著要串連其他學生和校外力量，學生或坐或站邊喝著啤酒聊天，敏莉正在和魏青講著：「系學會能動用的資金只有兩萬多元，不知道能撐多久……」

「先看看狀況吧。」魏青漫不經心說著，眼光飄到客廳裡阿光正在和季微講著話。

「我第一次來到臺北就碰到野百合，全臺北的學生都為了改革國家，聚在中正廟前面，那時我真的是覺得時代要不一樣了！」

阿光心情很高昂，好像抗爭已經成功，季微第一次來到這樣的場合，每個人的想法和思考都在刺激著她的認知。

「季微，時代改變了，你知道嗎？我們就是站在新時代的起點！這是我們的時代！臺灣會走向民主的新時代！」阿光邊拿著啤酒歡呼似地站起來說著，魏青對他這種理所當然的自信和熱情，常常覺得很矛盾，一方面她很想相信他，但她骨子裡明白現實不會是他所想像的。

「好，對，我們會走向新時代！」季微隨口應和著。

「你在敷衍我，是嗎？」阿光不甘心，要季微給一個答覆。

「真的啦！我相信未來會不一樣吧！」

魏青走到阿光的身邊，聽到季微這樣講，問她：「你想像的未來是怎麼樣？」

季微歪著頭想著，「未來應該是可以更自由，每個人都像一張全新的畫布一樣，可以畫上不同的顏色！」

季微的答案天真卻又充滿個人風格，魏青愣了一下，每個人都可以畫上自己的色彩嗎？那是什麼樣的未來？

米蘭．昆德拉說的沒錯，「人一但思考，上帝就開始發笑」，我們對於真理到底認知到什麼程度？她怎麼會問她未來的事，她想著想著不禁笑了起來。

身旁的阿光還在跟季微乾杯敬著未知的未來，魏青卻是落入一個沒有未來過去的時空裡，直到季微的聲音打斷她，「你這樣笑是什麼意思？」

魏青不知道怎麼回答，阿光先打斷了她，「她啊，她想像的未來太複雜了，她應該念哲學系而不是法律。」

阿光親暱地搭著魏青的肩膀，還順手拿了她的啤酒來喝，兩人的關係很明顯，看起來好像一對令人稱羨的學生領袖情侶，但那個當下魏青感覺到的是一種掌控、一種宣示，她不喜歡阿光總是要替她回答，好像她並沒有辦法代表自己。

此時音響裡傳來〈愛情研究院〉的音樂，阿光趁著酒意拉起魏青，吆喝著大家一起跳舞，魏青無奈地被阿光拉起來，「跳什麼啦？」

大保把音樂開得更大聲了點，其他人也跟著亂跳著，此時阿光伸出手，「季微你也一起來啦！」

阿光把季微拉近他和魏青的身邊，魏青試著想要融入兩人之中，但季微看著她的眼神讓魏青的心晃蕩不安，攪亂著她的思緒。三人隨著節奏搖擺著，季微的眼神頻頻與魏青接觸，她卻反射性地想避開，音樂具有催化情緒的魔力，唱著主流的男歡女愛，魏青越想融入，越覺得身體和靈魂分離，她趁隙要去拿啤酒，離開了兩人。

當時滿室的杯盤狼藉，眾人伴著酣暢的舞步，對未來和未知的期待，交織成一頁輕狂的青春，搖滾的節奏震動著心臟，眼前青春氣盛得毫無修飾。

在那個時候，即使是如魏青這樣的悲觀與迷惘，她在那個瞬間都差點相信了，也許這個該死的世界真的會被改變，也許這世界真的可以變得更好，也許未來，真可以燦爛如陽。

魏青喜歡家裡面擠滿了人，讓她可以忽視寂寞、忘記過去和未來，但人群喧鬧時她又會在某個不經意的時刻突然被抽離，眼前的喧鬧只是蔓草叢生的孤單，布滿她空虛的靈魂，她不知道這份疏離感是從何而生，也許是來自她內心深沉的寂寞，那個連她都不敢去直視的寂寞。

在這個時候魏青通常無能為力，她只能臣服於孤單的流沙中，放棄掙扎。

魏青轉進書房，淡出歡慶的時刻，她隨手拿起卡繆的《反抗者》翻著，這個時候看《反抗者》算是一種應景吧，她這樣想著時，一個聲音打斷了她。

「你怎麼一個人在這？」

季微走進房間，把魏青拉回現實，她環顧了書房，「你家好多書啊！」

「喔，對啊，有些是我家人的……」魏青講到一半就收口了。

季微發現她的猶疑，猜到她的顧忌。

剛剛聽宣淇、敏莉講了魏青的背景：魏青的家族是學校的創校董事，父親是黨國大老，季微無法理解魏家跟學校盤根錯節的政治關係，但她卻很好奇魏青的身分為何會走到了家族的對立面。

季微看到魏青放在桌上的那本書，《反抗者》的書名吸引了她的注意，她拿起書問她：「這本書在講什麼呢？」

「講什麼啊……」魏青在思考著，要怎樣把卡繆的精神講完，是要從薛西弗斯被眾神懲罰開始講嗎？當薛西弗斯日復一日地推著大石，他的目標是為了什麼呢？

「可能我們都生活在一種荒謬裡，因為現實和理想充滿了落差……」

魏青只能講出這樣的答案，但季微卻被她的話吸引，一雙眼睛張得大大的。

「所以反抗才會感覺活著吧！」講出這句話時，魏青自己都覺得有點意外，難道這就是她日復一日推著大石的原因嗎？

季微沒遇過像魏青這樣的人，她想多聽魏青講一些話，但魏青察覺到季微的眼光，拉開了距離，她把書遞給季微。「你喜歡的話可以拿回去看。」

季微接過書，「好。」

「我們交換一下 Call 機號碼，以後比較好聯絡。」

季微有點尷尬，「我沒有 Call 機。」

魏青正要拿筆來記，卻聽到季微這樣說，覺得好笑也有點困窘，不知道季微是拒絕還是真的沒有。

「好，那……等你有 Call 機再給我。」

季微認真地點了點頭。

Chapter 3

祕密

開始罷課後，季微要心美陪她去買了 Call 機。

心美還在調侃季微是認識了誰才要辦 Call 機，季微沒有多說，她心中對未來突然有一個期待，只是當時她還不確定這個期待是什麼。

一九九四年發生了很多事，三月底的千島湖事件，面臨中國當局的消極作為，民眾義憤填膺，兩岸關係降到了冰點，那段期間許多臺商都回來避風頭；年底即將到來的第一次市長民選，是臺灣民主化一大進程。除了美術系的罷課之外，其他校園學生和老師的抗爭亦是此起彼落，許多師生不平等的事件紛紛鬧上新聞版面，最大宗的就是師大國文系女學生遭到教授強暴，在校園噴漆控訴李姓教授的案子，也因為校方的處理太過消極，引起學生不滿，事態越演越烈，甚至牽動了社會討論女性權利與性別議題。

整個社會都在風起雲湧，學生們忙著衝撞舊有的框架和制度，季微開始感受到阿光所說的，「這是一個新的時代」。

季微出乎意料地喜歡罷課的日子，在廣場上畫畫，聽聽學長姊們講著話，沒有教室的水泥框架，所有的學生都是平等開放分享。罷課對季微來說，更像她想像中的大學生活模樣，系學會找了願意支持的校友、老師來廣場上替大家上課，講臺灣美術史、講人文哲學，有時候還會有同學上臺唸著聶魯達的詩，這些都比課堂上僵化的書本教材還吸引她。

「當時陳澄波以〈西湖春光〉入選臺展及帝展，後來組成了臺陽美術協會，將臺灣的美好風光景色放入創作之中……」

廣場前支持學生的秦老師正在講著陳澄波的生平，學生們或坐或站正在聽著老師講課，季微坐在一角專心速寫著這個景象，身旁傳來魏青的聲音，「你在畫什麼？」

「我沒參加過這樣的活動，所以想記錄一下。」

季微這樣說著，魏青好奇地想看她的素描，「還沒畫好啦……」季微有點害羞，忽然天外飛來一筆，「你會畫畫嗎？」

魏青從來沒被這樣問過，她笑著說：「鬼畫符算嗎？」

「喔，但你會彈鋼琴吧？我看你家裡有鋼琴。」

季微毫無心機地問著，魏青聽到鋼琴的事，神情沉了下來，「很久沒彈了。」

季微等著魏青再講下去，但魏青的話就這樣戛然而止。

是啊，她有多久沒有彈琴了呢？魏青不敢去回顧關於時間的細節，她只是若無其事轉了個話題，「你覺得你畫的是真實的世界嗎？」

季微疑惑地看著她，這人總是講些很有趣的話題，「啊？」

「還是你自己想看到的？」

季微歪著頭想了想，像在解譯魏青的外星語，魏青每次看她皺眉的神情，都會覺得自己太為難她。

「我沒想這麼多欸，我只是畫我想畫的。」

這個答案簡單到讓魏青的問題好像一場自尋煩惱，她看著季微，想要更了解她，但季微卻簡單得讓魏青無從猜測。

魏青盯著季微的目光讓季微不自覺有些害羞，她轉移話題，「對了，我有 Call 機了。」

「那你號碼給我。」

魏青拿出筆遞給季微，要她寫在她的手掌上，此時，季微卻看見她手腕上一道道自殘的痕跡，「這是……？」

魏青把袖子拉下來，蓋住了痕跡，「沒什麼。」

魏青輕描淡寫地說著，但表情卻沒有如此淡然，季微想再問她，卻怕觸碰了她的禁忌，所以也沒再追問。

季微仔細地把號碼寫在魏青的掌心裡，像是鑽研古書的歷史學家在淬鍊重要密碼，有了那些數字便可以開啟一段未知的傳說故事。

人是一種很奇怪的生物，那是關於思考的才能，讓人們喜歡謎語、揣測心意、試探情感，這是其他生物不會的能力。

那天晚上季微收到一連串的數字訊息，心美說要幫她解碼，季微卻下意識害羞拒絕了，季微知道是誰傳的訊息，但還沒搞懂自己為什麼不想讓心美知道。

季微拿著紙筆對照著每一個數字相應的英文字母，解碼變成一個很親密的過程，像是她們共享著一個祕密，而她在一步步接近魏青的內心。

那些數字對照字母解碼後，得到的訊息是「Welcome to the fucking world」，季微笑了出來，她已經可以想像魏青的表情。

魏青就這樣走進了她的世界裡，季微跟著系學會的人去魏青家，夜晚在路邊的小吃店喝啤酒，學生們討論著其他學校的狀況、身為臺灣人的憤慨與希望，這個紛沓繽紛的世界突然在季微的生活裡綻放、開展。

對魏青了解得越多，她就更摸不著她的感覺，就像她口中呼出來的煙霧，那些憂愁究竟轉化成了什麼樣的化學分子？季微心想如果自己是學科學的，能不能有辦法好好分析魏青這個人呢？

某天午後，季微突然興起，想試試菸的味道。

魏青一臉疑惑，「真的？」

季微點點頭，魏青幫她點了一根菸。

季微帶著實驗精神地抽了口，然後吐吐舌頭，咳了幾聲，魏青拍拍她，「一開始的時候不要那麼快，慢慢讓煙順著自己的呼吸……」

季微又再試了一下，仍然是咳個不停，「你什麼時候開始抽菸的？」

「高中的時候吧。」

「為什麼要抽菸呢？」

魏青頓了一下，沒人問過她這個問題，她也沒有認真想過這個答案。

「可能是想要逃離一切的時候吧。」

魏青模模糊糊地答著，季微卻買單了，「如果我爸知道我抽菸的話，他一定會氣死……」

「他知道你沒去上課嗎？」

「不知道，我好久沒見到他了……我爸媽前一陣子離婚了，他在中國大陸……有一個新的家庭。」

季微第一次跟魏青提到爸爸的事，講出來的時候她覺得自己又放下了一點。一直都不菸不酒，像是個溫和的模範父親，也許有點壞習慣，他會多一個出口，而不是找到另一個情感的寄託。

季微又抽了一口菸，這次她反應沒那麼大了。

「離婚其實也算是還可以選擇，不像我媽就沒得選擇。」魏青說。

「為什麼沒有選擇？」

「她享受好的生活慣了，早就失去生存的能力，何況我爸……根本不可能讓她這麼做。」

魏青的父親是個控制欲極強的人，對他來說，魏青和她媽媽，都是他的財產、所有物，她厭惡自己和母親一樣，成為父親精巧的裝飾，於是拚了命地敗壞。

「你好像很討厭你爸？」

「所有人都討厭他吧……」魏青苦笑。

「我現在也蠻討厭我爸的，但小時候我們家很幸福的，我不知道為何會變成這樣。」

魏青看著她，恨在季微的心裡，似乎感覺不到黑暗的重量。

「沒有什麼永遠幸福的，而且人沒有幸福一樣可以活得好好的，你看看路上的人，都是那樣啊。」這是魏青所能想到，最輕描淡寫的恨意了。

魏青繼續抽著她的菸，煙霧讓季微有點迷幻和困惑，而她不確定這是因為尼古丁，還是魏青。

晚上系學會成員來到魏青家裡，眾人正在談論著今天下午的記者會，後來在野黨的立法委員也來支持，學生們對校方提出撤回鄭泰德退學案、選課改革和撤換系主任等訴求，因為有立委出席，這事還鬧上了電視新聞。

罷課行動獲得媒體的關注猶如一劑強心針，阿光、文嘉皆認為民意代表的支持可以擴大效應，大保也覺得事情鬧大必定會讓學校一定得出面解決，然而在眾人正歡欣鼓舞時，魏青卻潑了一桶冷水。

「我反對讓什麼立委介入，政客就想著收割而已。」

眾人一片默然，阿光有點尷尬，文嘉還在喃喃，「不是啊……有立委的話我們就比較有優勢……」

「罷課怎樣還是以學生為主的，這你不用擔心。」阿光將手放在魏青的肩膀上，看似在安撫，但她知道這是一種施壓，他要她別再講了。

魏青覺得自己好像被視為破壞同謀的害群之馬，她起身去陽臺抽了菸。

眾人的氣氛有點僵，阿光想了想，還是跟了上去。

阿光邊從菸盒拿出一根菸，對魏青說著：「今天記者會要不是有立委支持，我們可能根本沒有新聞，我們需要更多人站出來，才能獲得越多關注……」

「你要什麼樣的關注？是關注你還是關注罷課？」

魏青的話帶著一絲尖刺，阿光耐著性子，「你沒必要不相信所有人。」

「我是在叫你不要弄錯重點，你以為那些立委幹嘛要來幫我們？他們真想幫的話，早就對學校施壓了。」

「事情運作沒有那麼簡單，你也知道政治不是這樣。」

魏青覺得可笑，她從小在政治家庭裡長大，看到太多爾虞我詐，就連面對家人，她都無法真心放鬆、坦然以對，阿光卻想告訴她，政治的模樣？

阿光見她沒說話，伸手握住魏青的手，安撫她，「好啦，我知道啦。」

魏青沒有被真的理解，她太懂阿光、也太敏感了，她知道他只是想壓下她的感受和想法，讓事情在他掌控之中。某方面來說，阿光跟她爸很像，那種男人自以為是的權威和控制，總是不自覺在他們潛意識中流露。

而她為什麼會讓自己逃離父親後又陷入另一段掌控的關係呢？一切彷彿在她沒留神的時候，就變成這樣了。

「阿光，我們要回去了。」宣淇的聲音打斷了魏青的思路。

學生們紛紛準備離開，季微也走了出來，她與魏青四目相接，魏青有些沒來由的心虛，她對阿光說：「你也回去吧。」

阿光愣了一下，「好吧。」

其實魏青和阿光也是相似的，他們誰也沒對彼此坦誠，只是各取所需而已。

眾人走在街道上聊著天，魏青稍早的插曲並沒有影響大家的情緒，大保、小民還在玩鬧著，阿光和季微走在後面。

「我要把你們全都當掉！竟然敢罵我！」大保在前面故意學著系主任的嘴臉，對著敏莉和小民講著。

但季微心情卻還記掛著離開魏青家的時候，魏青獨自抽菸的背影，那個孤單感一直烙在季微心裡，她忍不住問阿光：「你和魏青還好吧？」

阿光苦笑，「還好啦……她有她的問題，有時候很鑽牛角尖，讓人很難接近。」

「你怎麼沒有留下來陪她？」

季微的直接讓阿光語鈍，「魏青……我們……她不喜歡有人留在她家，而且這時候還是離她遠一點比較好，免得被掃到颱風尾。」

季微不懂，疑惑地看著阿光。

「她常這樣啦，今天好好的，明天又不好了，問她什麼也不說……她太獨立了。」阿光看似輕鬆說著，但魏青是讓他受挫的。

「現在不都是說女生要獨立啊！新時代的女性不都要這樣？」

「女生不要太獨立比較好吧？這樣我要幹嘛？」

「我覺得魏青做她自己就好了。」

季微直心地說著，阿光停下腳步，好像沒思考過這個問題。

「要是魏青也像你一樣坦率就好了，我老是搞不懂她在想什麼。」

「但我和魏青本來就是不一樣的人啊！」季微的口氣沒有批判和優

劣，只是單純地講著。

阿光對眼前的女孩如此簡單感到輕鬆自在，那是他與魏青之間不會有的感覺，魏青懂得太多了。

「你有時候想法很簡單，但好像又挺有道理的。」

季微歪了歪頭笑著，「是嗎？這是稱讚嗎？」

「應該算是稱讚吧。」

季微的反應讓阿光笑出來，前方大保學起了王傑，雙手插口袋唱著〈一場遊戲一場夢〉，其他人也跟著唱了起來。

夜晚街道裡，零零落落的歌聲和笑聲迴盪在街道中……

「那只是一場遊戲一場夢　雖然你影子還出現我眼裡
在我的歌聲中　早已沒有你
那只是一場遊戲一場夢　不要把殘缺的愛留在這裡
在兩個人的世界裡　不該有你」

明明是很悲傷的歌詞，學生們卻把氣氛炒成了K歌。季微有些錯亂和哀傷，明明笑鬧著，她卻想起了魏青，要是魏青在這裡，她會是什麼樣子？

Chapter *4*

關於愛

國中的時候，季微曾有一個很要好的同班同學小詠，當時兩人因為家裡住得近，天天都一起上下課。小詠很著迷於海洋科學，總是跟季微說著鯨豚擱淺的事情。

「當鯨魚的回聲系統遭到破壞或生病時，他們就會迷失方向，如果領航的那隻生病了，所有的鯨魚就會朝向海岸游去，最後集體擱淺在沙灘上，到時候就會很慘，因為鯨魚很大隻，光把牠們推回海裡，就要花很多力氣……」

小詠講著海洋的事情，每次都讓季微很新奇，兩人曾相約要去海邊，但是沒過多久，小詠全家就移民到加拿大了。

當時在巷口跟小詠道別時，季微覺得心空了一塊，好幾個月都悶悶不樂，像是擱淺在沙灘上的鯨魚，無法再回到大海裡。

上高中的時候，有個男孩花了整整一個月的時間，特別繞路陪季微回家，男孩的心思季微當然知道，高中的男孩女孩們，哪個人不是為賦新詞強說愁的善感年紀，渴望找到認同和愛，但季微對他完全沒有心跳加速的感覺。有一天她告訴男孩：「不要再送我回家了。」兩人才結束了這段接送情，那段時間季微想起小詠，但跟男孩分開的時候，她沒有跟小詠分開那樣難以承受。

對於戀愛，季微還不確定那是什麼，儘管心美天天跟她講著跟小馬的種種，季微也不太確定，那就是愛情嗎？

心美把罷課的事情告訴了小馬，原本只是分享學校的事，沒想到她因此跟小馬吵了一架。

「小馬說學長姊都要畢業了，他們才不管罷課成不成功，到時遭殃的是我們這些大一生……」心美一臉憂愁地說著。

季微正在販賣機前想著要買什麼飲料，對心美的話不置可否，心美繼續說著：「他說我搞不清楚狀況，跟著去湊熱鬧……」

「這樣講話也太過分了。」

「對啊，我一氣之下掛了他電話，現在我們已經三天沒有聯絡了。」

心美的心情沉了下去，季微不知道怎麼安慰她，「你沒打電話給他嗎？」

「當然沒有，他又不打給我！」

「但你想跟他講話就打給他啊……」

「吼！季微你不懂啦！我怎麼可以先打電話，這樣我就輸了啊！」

季微對戀愛充滿疑惑，她以為彼此互相喜歡、互訴衷情才是最重要的，為什麼會變成了爭輸贏？

季微還在和心美爭論著，陳尚彥突然出現在兩人面前。

「季微，我可以單獨跟你說說話嗎？」陳尚彥困惱地看看心美，「就我們兩個人。」

泡沫紅茶店裡正在播放著張雨生的〈天天想你〉，季微和陳尚彥對坐在靠窗的位置，季微的那杯紅茶都沒喝，陳尚彥則是喝完了一大半。

「系主任之後每一堂課都要點名，缺席三次就不用考試了。」

季微聽到這個消息，很錯愕，「系主任怎麼可以這樣……」

「你回來上課吧，你期中成績已經那麼低分了。」

「他這是拿分數和權力來壓迫我們，你怎麼可以接受這件事啊？」

陳尚彥的世故屈服是與生俱來的，還是為了生存而學會的？季微完全不能理解他。

「聽他的話就沒事了啊，幹嘛沒事找事做？」

陳尚彥講得理所當然，他繼續說著：「你被系學會那群人洗腦了，那個王毅光之前根本沒在管美術系的事，他跟他那個女友到處去參加抗議、鬧事，你這樣下去會變成跟他們一樣，你以前不是這樣的啊……」

季微對他的話語感到疑惑，她跟陳尚彥從來不是個彼此了解的關係，這人怎麼可以如此自我？「你根本沒有了解過我。」

陳尚彥一時說不出話來，季微以為他們的對話已結束，正想著眼前的紅茶一口都沒喝，早知道要來泡沫紅茶店，剛剛就不要在販賣機買飲料了。

當季微想著無關緊要的事，陳尚彥突然握住她的手，「季微，我很喜歡你，我希望你不要受傷害。我是為你好，如果你回來上課的話，我可以幫你跟系主任說說看……」

季微反射性地馬上把手抽回來，「你不需要這樣做，我又不喜歡你……」

季微毫不修飾地講了出來，陳尚彥頓時無地自容，他停了幾秒以確認這件事實，然後一口氣把紅茶給喝完，快速地拿起背包，連再見都沒對季微多說，匆匆離去。

季微話都還來不及說，正覺得莫名其妙，她的 Call 機此時響了，顯示一連串的家用號碼，是魏青家的電話。

季微用泡沫紅茶店的電話打了回去，魏青的聲音聽起來有點微醺，她問季微：「你現在要不要到我家？」

季微甚至沒有多問就答應了。

一進到魏青家，季微就看見茶几上散落著好幾個空的啤酒罐，魏青已經在家裡喝了一陣子的酒。

「你今天怎麼沒去學校？」

「系學會的人都在啊，我去幹嘛？撐場面嗎？」魏青意興闌珊地說著，拿了一罐啤酒給她。

「我以為在現場人越多越好。」

「人要一直都那麼多才有用，現在都已經一個多星期了，不知道大家還能撐多久……」

魏青彷彿置身事外冷漠說著，這讓季微有點困惑。

「你覺得罷課會成功嗎？」

魏青聳聳肩，她說不出什麼肯定的答案，反而問她：「你覺得呢？你有信心嗎？」

一開始季微是有信心的，那時她對抗爭一知半解，但隨著時間經過，加上方才在咖啡廳裡陳尚彥的話語，她卻有點迷惘了。「我也不知道，我當然希望可以改變些什麼啊，但總覺得我們好像滾輪上的小白鼠，一直在告訴大人：『喂！你們不可以這樣做……』，但我們就在那滾輪上一直跑啊跑的……」季微講完都覺得荒謬，「我不知道這樣比喻對不對。」

「你這比喻，有點可愛。」季微沒想到魏青會這樣回她，她才發現魏青盯著她一段時間了。

「但你知道我的意思吧？就是自由這件事，好像要努力爭取才會擁有，但我們本來沒有嗎？」

季微問了個太純粹的問題，魏青腦袋轟轟作響，想起盧梭所說的，「人是生而自由的，卻無處不在枷鎖之中」。

「那……你可以離開這個老鼠籠啊！」

季微一臉好奇，「那是哪裡？」

「我也不知道。」

季微原本期待魏青給她一個答案，聽到魏青這樣回答，她也有些迷惘。

魏青喝了一口啤酒，沉入了自己的情緒裡，季微這才想到她一個人在家裡喝悶酒的原因。

「你和阿光吵架了嗎？」

季微小心翼翼地問著，深怕碰碎了什麼，但魏青不以為然笑笑說：「反正我跟他是不會有結果的。」

季微沒想到她會這樣回答，她有點困惑，「為什麼？你不愛他嗎？」

愛？什麼是愛？她想都沒想，就問了季微：「你覺得什麼是愛呢？」

季微愣了一下，「應該是可以互相理解、支持，可以自由自在地做自己。」

「像我們這樣？」

魏青的問題像一顆石子般，在季微的心上落下一片漣漪，那漣漪一陣陣擴散，季微的心裡、臉上都感覺到麻麻的，魏青則是一問出口就後悔了，酒精燒得她腦袋一片空白，她卻無法移開駐足在季微臉上的目光。

天空打起了悶雷，魏青回神，她移開目光，若無其事地笑笑，像在告訴自己般喃喃，「愛不愛什麼的……這些問題都太難了。」

魏青說完後就起身離開，季微看著她離去的背影，想搞清楚剛剛發生了什麼事，越想越搞不清楚自己，也搞不清楚魏青。

雨聲漸漸打破了滿屋的寧靜，像是一場喧鬧的抗議，非要擾亂什麼原有的秩序與和諧。梅雨季節開始了。

如同魏青所擔心的那樣，廣場上的人們被雨天被打亂了陣腳，學校特意封鎖消息，也排除外人進入，學生們在媒體上的聲量越來越少。

罷課行動快兩星期仍無進展，學生們的不耐和焦躁也隨著梅雨反反覆覆。學務處和美術系連成一氣，陳尚彥所說的系主任要嚴格點名的消息連坐到全校，校方貼出一張公告：「校方為確保教育落實，各系所全面實施嚴格點名，出席率將納入學生學期分數評估。」此公告不止重擊了罷課學生，更將罷課學生視為害群之馬，掀起學生之間的反感。

「校方已成立委員會針對美術系展開校務會議，一併討論美術系學務相關問題……另外這是立報的一小篇：鄭泰德退學案經由教務處合法程序確認退學，過程並無不當……」宣淇拿了幾份報紙，正在唸著上面的新聞報導。

「好了，不要唸了。」阿光制止她。

學生們各個憂心忡忡聚在走廊上，沒了之前的意氣風發，壞消息一個接著一個，資金即將用盡、下雨讓廣場上的學生紛紛走避，季微望著空蕩蕩的廣場，罷課的旗幟在大雨滂沱中被淋得溼透。

「如果退學沒撤回的話，我就要去當兵了。」泰德的最後一根稻草，讓所有人都陷到谷底，明明是白天，卻因為下著雨，氣氛也顯得陰暗。

「要不要放棄算了？」文嘉試探地說。

「怎麼可能放棄？我們什麼訴求都沒達到。」

阿光說的沒錯，這段時間學校採取消極無視的作為，一開始只貼了公告，不外乎是一些學生不應違反校規、應遵守校園秩序等語，甚至連「罷課」兩個字都沒提到。系主任神隱，學校變成兩個平行時空：一個是廣場上烏托邦的現場，另一個時空裡，體制和秩序仍然穩固如山。

「媽的，這樣下去我們會被所有學生討厭。」大保看著幾個側目經過的不友善目光，不甘心地說著。

眾人又是一片沉默，季微看向魏青，她刻意保持著距離，但季微的眼神將她拉回了他們的世界。

「我們還是有其他辦法吧？」季微問她。

「去教育部吧。」

魏青的答案為學生們打開了一個新的目標——將戰線拉出校園，去撼動體制最上層，那個控制小白鼠滾輪的機關。

然而體制比學生們想像的更難以撼動，那也許不是燃燒熱血或是鋼鐵意志所能改變的。

那天下起了大雨，學生們在教育部外搖旗吶喊兩小時，教育部的鐵門依舊深鎖，十來個拿著警棍、盾牌的警察擋在教育部鐵門外。

「校方護短，學生求訴無門，教育公理何在！出來面對！」

阿光帶頭喊著口號，聲音嘶啞，但學生們的聲音淹沒在雨中，消散在中山南路的街道上，學生們的心情浮動焦躁，雨像子彈一般，摧毀意志和理性……。在躁動不安中，魏青朝警察衝去想要直接突破人牆，大保也帶頭衝了上去和警察推擠成一團，阿光和宣淇趕緊上前阻止，卻造成更大混亂，學生與警察爆發激烈衝突，最後學生仍被擋了下來……

衝突過後教育部兩個小官員出來斡旋，學生們要求見部長，卻被搪塞說部長不在，雙方依舊沒達到共識。

學生們在人行道上立了一支大傘，設成簡易的補給站，幾個學生在衝突中掛彩，正在冰敷著頭和處理傷口，雨雖然已轉小，但學生們的士氣也已被打得零零落落。

之前在廣場上都只是靜坐抗議，這次跟警方真的起衝突，對季微來說是個震撼的體驗。她拿毛巾給魏青擦擦臉，問她是不是有受傷，但魏青只淡淡地說著：「不用了。」她很焦躁，張牙舞爪的憤怒快要滿溢出來。

阿光和宣淇穿越學生之間，回到補給站。

「幾個立委傳達了關切，他們等下會過來……」宣淇說。

「不要跟他們扯上關係。」

魏青直接打斷宣淇的話，阿光看她一眼，不想繼續討論，「他們已經在路上了。」

魏青不放棄，「這樣會被模糊焦點，我們會被標籤化……」

「委員們只是想幫學生，當初野百合也是靠政治斡旋，我們現在毫無進展，得想個辦法收拾……」

聽到阿光提到野百合，魏青覺得很荒謬，「野百合有多少人？我們是什麼？一個小小校園的抗議！」

阿光在隱忍著，整個早上的徒勞、疲累和混亂也讓他更不耐煩。

「這是一種策略！我們可以利用他們拿到我們想要的！」

「這是什麼策略？這就是政治利益交換……」

「當初是你要我們來教育部的。」

聽到阿光冒出這句話，魏青覺得有點好笑，她言語中帶著尖酸，「現在是我要你們來教育部了？到底誰才是美術系啊？」

兩人僵持不下，宣淇和季微試圖勸阻魏青和阿光。

「算了，你們自己決定吧。」

魏青拋下這句話，便轉身離開現場，季微見狀趕緊追上魏青。

面對魏青時，季微往往沒有多餘的猶豫，就會往她奔赴而去。季微對她充滿好奇和興趣，想要了解這個人，想跟她說話，但即使魏青不說話，季微也可以安然與她的沉默相處。

離開教育部的路上，魏青都沒有講話，公車快要到站時，魏青才說了句：「我不想回去。」

季微沒有多問，也沒有猶疑，「那就不要回去。」

兩人又坐了好久的公車，魏青依舊什麼都沒説，那時季微想著：如果就這樣一直坐下去，公車永遠不要到站，好像也很好。

後來季微提議去海邊，遠離學校、罷課和所有人群。

「每次我心情不好的時候就會來看海，想像海另一邊的人在做什麼，好像就可以把心情丟到很遠很遠的地方。」

季微手拾起一把沙子，讓沙子在指尖流下。

魏青又陷入了沉默，她只是看著大海，彷彿海的對岸有什麼應許之地，有時季微會懷疑，那些沉默的時刻，靈魂是否還在她身上？

「其實……我一直想要融入大家，但或許怎麼做都沒有辦法吧。」

魏青緩緩地講著這句話，彷彿這是她用盡全力才擠出的話。

「為什麼一定要跟大家一樣呢？你就是你啊……」

季微的話語清澈簡單，輕易把覆蓋在魏青心上的塵埃給抹去，但真實的樣貌卻是如此不堪和脆弱。

魏青又是無止盡的沉默，季微也沒有多說話，她喜歡此時此刻，聽著浪潮和海風，好像真的遠離一切塵囂。她躺了下來，看著天空。

「有時候我覺得天空也像另一片大海，如果一直看著，感覺就會掉到天空裡去。」

季微的聲音像浪潮一樣，一陣又一陣地拍打著魏青的心，她不敢看季微，怕多看她一眼，內心的城牆就會崩塌決堤。

天空的烏雲已慢慢消散，幾束陽光從雲層的縫隙裡露了出來。

這是幾個月來難得寧靜的時刻，季微幾乎忘了罷課的一切、煩惱的瑣事，如果真的掉到天空裡，是什麼樣的感覺？

季微閉上眼睛，感受著海風和浪潮的聲音，所有的感官都舒緩放鬆下來，她一度沉浸到夢境裡，夢裡所有的抗爭都退到背景，成了一幅幅的淡彩畫，她覺得這一切好像離她好遠了，遠到罷課的成敗都已經沒有差別了，她在其中找尋魏青的身影，卻遍尋不到……

季微再張開眼睛時，魏青已經不在身邊，她恍惚坐起身找尋魏青的身影，發現魏青站在海中央，海浪已經淹到她的腰際。

季微回了回神，覺得狀況不對，她起身朝魏青奔去。水淹過到季微的大腿，浪花打溼了她的衣服，她走到魏青的身後，發現魏青沒有再往前走去，才喚了她的名字。

「魏青……」

魏青回頭看她，臉頰上掛著淚水，那些眼淚像積累了很久，一直落下來。

季微沒想到魏青哭成這樣，「你怎麼了？發生什麼事了？」

季微趕緊上前，她捧著魏青的臉，為她抹去那些淚，魏青看著季微驚慌失措，她內心的城牆崩塌了，她沒有辦法將季微的情感排拒在外，她還沒來得及抓住自己的理智，就情不自禁地吻了季微——

季微有點驚訝，卻沒推開魏青。

浪潮的聲音、海水冰涼黏膩貼著衣物、陽光晒在肌膚上的溫熱感、海風騷動撫弄著臉頰……所有的一切只剩下這些細節，魏青的吻彷彿也極為自然，季微同樣連思考都沒有，就跟隨著感受回應著她。

魏青突然回神離開季微的脣，她看著季微，理性開始重整，彷彿剛剛發生過的是一段錯認和誤會。季微疑惑地看著她，她卻倏然轉身回頭往沙灘走去。

季微的胸口還在震動著，隨著浪潮拍打搖晃，在那一瞬間被拉回現實，彷彿剛才那一切波瀾從不曾發生過。

黃昏的夕陽露了臉，車上多了些暖意，放學的高中生們佔滿了公車。學生們嘻鬧講話的聲響不絕於耳，季微和魏青兩人分坐在乘客之間，跟學生們的嬉鬧成了很大的對比。

魏青坐在季微的前方，她出神地望著窗外。

季微則望著魏青，內心隨著公車晃蕩震動不已，但魏青的背影卻毫無動靜。

Chapter 5

角色

回程的公車上，魏青慶幸可以迴避季微的目光，讓自己的不堪維持一點尊嚴，她真希望這輛公車在途中可以墜落大橋或是被隕石擊中，像《假面的告白》中三島由紀夫所冀望的毀滅，從此不用再思考未來的事。

公車如常到站，季微跟著魏青下了車，回到住所。

魏青不知道為何季微不拒絕她，如果她在她吻她的時候就把她推開，魏青也許就能順勢說都是天氣或是海浪的問題讓她一時迷惑，但季微卻回應了她。

「你……你先去整理一下吧，海水貼在衣服上應該很不舒服。」魏青給了季微自己的一件衣服，讓她到浴室裡盥洗。

季微點點頭，迷茫的樣子像是誤闖森林的小白兔。

事情不該這樣發展的。

記憶裡潘朵拉的盒子正在翻騰，這麼多年來魏青一直努力維持的穩定和秩序，現在就要塌落，她一定得做些什麼去阻擋這一切。

學生們的聲音從樓下漸漸傳來，魏青這才想起教育部、想起罷課、想起系學會，還有阿光……終究，現實是最務實的補救方法。

學生們回到魏青的公寓，正在整理旗幟和標語，折騰一整天後，大家都已筋疲力盡，魏青掩飾著在海邊發生的事，她迴避季微那想要訴諸真相的眼神，若無其事地融入學生之間。

「委員已經承諾對教育部施加壓力，我們現在也只能這樣了……」

阿光邊整理邊特地對魏青解釋，想要撫平早上在教育部外的裂痕，魏青對阿光回以一個不由心的笑，她知道季微正在看著她，於是她握住阿光的手，避開與季微的目光交流。

季微還在釐清自己到底發生什麼事了，她試圖在魏青的神情中找尋一些蛛絲馬跡，但魏青身上早已不復存在任何線索。

夜深，學生們準備離開魏青家，魏青在門口跟大家道別，季微來到門前才對魏青說了話：「衣服我洗完再還你。」

魏青隔絕著一切的心緒回應著季微，她沒事地點點頭，此時阿光也正要離開，魏青反射性拉住他。「你留下來吧。」

魏青這樣說著，然後季微露出完全無事的客套笑容，「晚安。」

季微的內心轟轟作響，她覺得胸口像被打了一記悶拳，但她卻也不知道怎麼辦，恍恍惚惚地離開了魏青的公寓。

季微離開之後，魏青癱坐在沙發上，她像經歷了一場戰役，身心一片混亂和疲憊，但她卻不知道敵人是誰，直到阿光的聲音把她拉回現實。

「你怎麼了？」

魏青沒有說話，阿光以為魏青還在生氣，「我覺得抗爭要避免政治根本是不可能的，去教育部也是政治手段，每件事都是政治……」

魏青看到阿光如此努力地想跟她解釋教育部外的事，對阿光的煩惱和憂慮感到可笑，如果她的煩惱也只僅止於此，那該是多簡單的事。

「王毅光，你能不能安靜一下，我現在不想講話。」

「如果你想一個人，幹嘛要我留下來？」

阿光所能理解的她，也只能到這裡了。

這一切多麼可悲卻也如此安全，她在阿光面前永遠不會被看穿，她甚至可以騙過全世界，包括她自己。

魏青直接親了阿光，她需要把戲做足，就可以說服自己演的角色還沒有崩壞人設。

阿光對魏青突然地主動感到驚訝，但也決定不想太多，兩人之間從罷課以來的情緒，以身體溝通直接了當許多。

阿光將魏青壓到身下，只有在這個時候，阿光可以壓制魏青的一切，以男人的姿態掌控著兩人之間的慾望，重新獲得他們兩人之間權力的優勢，而魏青早已放棄了自己的主控權，她根本無從展現她的慾望，她只是配合阿光、利用他逃避一切，用更大的黑暗包圍現在的黑暗，躲避明亮所照之地，就不會顯露出她的殘敗不堪。

有時候魏青會把怨氣出在阿光身上，但她知道這並不是阿光的問題，事實上要不是阿光，她不知道這幾年要怎麼活著——就算是以另一個角色人設活著，也是活著。

魏青是在大一時認識阿光的，當時阿光就已在美術系系學會很活躍，魏青常常會去參加校內外的抗爭活動，阿光也是，魏青因此見過阿光幾次。

一九九二那年，獨臺會案後續終於廢除了刑法一百條，拆除了威權政府最後一道法律高牆，從日本殖民、國民政府來臺到戒嚴三十八年後，臺灣人終於解除了言論自由的枷鎖，人們不再因言論與思想獲罪。

魏青在北區大學聯盟辦的慶祝會上碰到了阿光，兩人跟著同校的一些「反抗分子」喝酒，一同誇張罵著政府，奢侈揮霍言論自由，那天晚上結束後，阿光問她要不要去看夜景，她其實完全知道阿光的意圖，但沒有拒絕他。

事後魏青回想，阿光某方面也拯救了她，他讓自己可以穿上其他戲服，演一齣事不關己的故事，在這兩年間，她靠著另一個角色，活得跟一般人一樣。

他們看似理所當然地走在一起，有些時候阿光會想要更多，除了魏青的學識、權力、家世和身體外，他還想要理解魏青，但魏青能給的就這些了。

後來阿光也放棄了，他不再要求更多，對於一個男人來說，他所要的已經足夠到可以忽略那些幽微複雜的細節，他生命中還有其他更大的追求，也就是這樣，他們兩個一直維持著平衡，只要不談過多的愛，她就能抹煞過去，她細心掩蓋的惡夢。

而她只要繼續演著王毅光的女友，就可以告訴旁人、告訴世界、告訴她父親、告訴自己，她很好。

但那天之後，事情並沒有好轉，不管是魏青和阿光的關係，或是罷課。

唯一支持學生的陶藝老師辭職了，秦老師在美術系學生的人緣很好，不管是支持罷課或是不支持的同學，學生們都很喜歡老師開放包容的風格，因此他的辭職幾乎是牽動了美術系所有人。

收到消息那天，阿光和魏青正準備出門，魏青家裡的電話卻響了。

魏青以為是宣淇打來通知學校的事，所以在聽到季微的聲音時，她有點措手不及。

「你這幾天好嗎？」

明明過了幾天而已，季微的問候卻像她們已經多年未見。

魏青不敢回答，她也不知道要怎麼回答。

「我……我想說把衣服還給你……」季微的話語帶著微小輕柔的期待，但每一字句都重擊魏青。

「不急，就先放你那吧。」

只不過是一件衣服。電話兩邊都沉默了。

「是宣淇嗎？」阿光打亂了懸而未決的沉默，還有魏青的思緒。

「打錯電話的。」魏青甚至無法顧及季微或是多說些什麼，就掛了電話。

阿光還在繼續講著秦老師的事情，直到要出門時才發現魏青沒有任何動作，「不是要出門了？你東西都拿了嗎？」

「我不想出門了。」這是魏青所能講出最平淡的話了。

「現在秦老師辭職，我們不去處理，學校就要亂成一團了。」

「那你去就好了啊。」魏青努力控制內心翻湧失衡，只祈求阿光趕快離開她，但阿光不想放過她，面對她的冷漠回應，情緒也上來了。

「你又怎麼了？剛剛不是還好好的嗎？你可以不要這麼情緒化嗎？一定要在這時候扯我後腿……」

阿光話音未落，魏青情緒就爆炸了，「對，我情緒化、我扯你後腿，反正不如你的意，你就覺得都是其他人的錯……」

「我只是想叫你冷靜看看現實……我們還要面對那麼多學生，現在是怎樣？我們不是一起的嗎？」

魏青把正在喝水的玻璃杯往地上一砸，「什麼一起？你不過是把我當成你的附屬品而已，喔，帶魏青一起去，很有面子，好棒喔，女友是黨國大老的女兒……」

「媽的！你在講什麼！我從來沒那樣想……」

阿光義正辭嚴地用手指著魏青的臉，沒想到魏青只是冷冷說著：「你最好從來沒那樣想過。」

魏青終究是戳破這個假象，他們以為表面和諧的一切，只是在各取所需，阿光也說不出話來，他氣憤甩門離開。

房子裡又恢復了安靜。

魏青像是受傷的野獸，她筋疲力盡，她氣自己、討厭自己。地上碎裂的玻璃杯散落，而每片玻璃碎片，都在低語著她的不堪和痛苦，每一片都像破碎的自己，她覺得靈魂快要脫離身體，她得做些努力挽回這一切。

她使盡最後一點力氣，將碎片狠狠地握緊，鮮血從她的掌心內滲出，滴落在廚房的地板上，痛的感覺讓她冷靜了下來。

第一次劃開血肉時，是在那件事情過後。

魏青還記得那天冬日暖陽照在皮膚上的觸感，巷弄裡飄散的塵埃氣味，她進到鋼琴教室時，老師的公寓已經被搬空了，只剩下鋼琴。

那個熟悉的鋼琴放在客廳的一角，像在嘲笑著她，魏青那時也像被抽空了所有靈魂，她發瘋似地在鋼琴裡找尋蛛絲馬跡，琴鍵發出淩亂的聲響，但老師什麼都沒留給她。

她知道這一切的巧取豪奪是父親的計畫，那是他在她長期迴避疏離的關係裡繼續掌控的證明。

那晚魏青跟父親大吵一架，第一次正面挑戰他的權威，反抗的力量於焉而生，從那時候開始，她反抗父親、反抗自己的出身，然後敗壞她的身體髮膚，於是在清晨冷冽的空氣中，魏青在浴室用父親的刮鬍刀片，割下了第一道傷口。

血流出來時是溫熱的。

Chapter 6

矛盾

我想見你，我想見你……。

魏青掛掉電話後，嘟嘟的聲響還迴盪在耳邊，季微腦袋裡不停迴盪著這句話語，卻說不出來，直到她發現眼眶溼溼的被沾上了淚，才掛上電話。

「這邊有些你小時候的東西，看還要不要留？」

母親的聲音從身後傳來，她搬了一個箱子到客廳，季微這才揉了揉眼睛。

這陣子母親在整理父親的東西，想把彼此的東西清乾淨，但生活了二十年的物品，太多回憶盤根錯節，母親索性讓季微決定哪些要「還給」父親。

季微翻著一本舊相簿，裡面多是一家三口出遊的相片，還記得最後一次的出遊，是父親已經在中國大陸工作，回來臺灣的那個暑假。

當時季微是高中一年級，知道父親外遇的事，也是在那時。

那趟家庭旅行，在父母兩人的對談中，季微已經猜出事情的輪廓，有些事情已經變質了，父母在吃飯時無話可說，三人在車上的時間變得漫長、難熬，當天回家時，父母親說要去超市一趟，讓季微一個人先回家。

父母親原是想避開季微談婚姻的事，反倒讓季微更赤裸地面對了事情的真相。

那天季微才跨進家門把東西放下，電話鈴聲就響了，季微接起電話，「喂……」

電話那頭傳來一個女人的嗚咽啜泣聲，季微還沒反應過來，對方說了父親的名字，然後說她有多愛他，希望能被成全……。

對方把自己當成母親了，季微這樣想著，面對搶走父親的女人，卻說不出口任何話，對方像是兇殘的歹徒，她覺得身心有一塊跟父親相連的血肉被割走，父親再也不會回來了。

她什麼都沒講，默默掛了電話。

季微其實無法真的恨那個女人，因為她知道這件事不完全是她的錯，她更氣的是父親。

這通電話季微沒跟任何人說過，但那是她第一次感受到巨大的無力感，無法受控的情感和下墜的命運，那通電話像是一個預言，早就寫好了故事走向。

「如果愛終究是會變的，那為什麼還要去愛一個人呢？」有一天季微和母親一起吃飯時，疑惑地問了母親。

「我們只能珍惜當下囉，只能盡力不要後悔，這些都是你的選擇啊，擁有過的喜怒哀樂也是屬於你的珍貴回憶啊⋯⋯」

紙箱裡還有一副舊跳棋，小時候她和爸媽常一起玩，後來紅色的棋子少了一顆後，三人也就不再玩了，關於幸福家庭的回憶，彷彿也跟著封印在那些棋盤方格裡。

這樣想著的時候，季微突然哭了。

「怎麼了？你想起爸爸了嗎？」母親以為她是因為整理父親的東西觸景傷情才掉淚，但季微搖搖頭，她只是認清了一些事情。

原來會想起一個人，是因為愛，而她此時浮現的，是對魏青清晰無比的想念。

季微再回到學校時有種恍如隔世的感覺，紛亂的思緒沉澱後，她覺得自己好像變得不一樣了，像是撥開了迷霧，找到了一條充滿荊棘的小徑，她還不知道這會通往哪裡，但是她會走下去。

學校的氛圍也有所改變，雖然秦老師向學生解釋是因為理念不合、想回老家休息而辭職，但學生們都流傳是因為秦老師支持罷課學生的緣故，校方這一殺雞儆猴的作為讓學生之間的裂痕越來越大。

季微一個人走在走廊上，察覺到學校間肅殺的氣息，此時陳尚彥迎面走了過來，他看到季微後走向她，把一張手上的傳單遞給季微，「這就是你們說的創作自由嗎？把老師逼到辭職、然後恐嚇學生？」

季微看了一下傳單，上面寫著：「與美術系學會作對者，就是創作自由的敵人，順我者生、逆我者亡！」

傳單上的字句粗劣煽動到誇張的地步，根本沒有任何印章或是署名可以證明是美術系學會寫的傳單，就連季微如此沒有心機，都可以猜到這不是真的，但眼前的陳尚彥只相信他想相信的，對於顯而易見的事實完全忽略。

「我就跟你說過，他們就是暴民、破壞秩序，你跟他們一起不會有好下場的，你難道也要被當成暴民嗎？」

陳尚彥仗著人多勢眾，聲音大了點，但季微可沒被嚇到。

「對，我就是暴民，你最好不要太靠近我。」

季微講完這句話就離開現場，才走沒兩步，身後傳來阿光的聲音：「歡迎加入暴民行列。」

阿光調侃地說著，他剛剛看見了事情經過，本想上前幫季微，但季微看似不需要幫助。

季微無奈地笑笑，把傳單遞給了他。

「今天到處都是這種假裝系學會的傳單在流傳……」阿光說。

「這一看就是假的啊，學生們會相信嗎？」

「很難說，很多人根本不會分辨訊息來源，也不會想那麼多，反正大保他們都拿去回收了。」

「那魏青呢？」

「可能在家裡喝酒吧，我哪知道她在哪。」

季微停下腳步，「我以為你們和好了。」

「她就是那樣啊，反反覆覆，你也知道吧？最近我們講沒兩句就吵架，我在學校跟你啊、宣淇還是大保他們在一起還比較開心……」

阿光沒有掩飾他的不滿，反而期望季微跟他同一陣線，季微還沒理出要如何面對阿光的情緒和自己內心情感的衝突，只能對阿光報以友善的微笑。

不明人士的抹黑傳單比想像中還嚴重，系學會的成員們在校內泡沫紅茶店討論時，被經過的學生直接冷言相向，引起了店裡其他學生的側目，宣淇提議要去魏青家討論，但阿光卻提議直接到他家，季微和宣淇都察覺到阿光刻意排除魏青的舉動。

罷課走到這個地步已經超出季微的想像。

心美週末也回嘉義了，據說小馬跟心美的爸媽講了罷課的事，心美的爸媽勃然大怒，下了十二道金牌要心美回家，心美只好回家安撫二老；

敏莉也在此時暫時退出，敏莉出身南部的勞工藍領家庭，平時還要打工賺生活費，全家只有她上大學，父母的期待都在她身上，偏偏在大二的選課中有大半都是系主任跟相關老師的課，「我怕我再曠課下去我也會被退學，我只能選沒有課的時間來幫忙了。」

學生們各有各的現實問題需要面對，眼前這些外在壓力已經夠糟，面對學校的冷處理，大家束手無策地擠在阿光外宿的套房裡，小小的空間裡誰也逃不了挫敗的感覺。

此時有人按了門鈴，阿光疑惑地問：「誰啊？」

「我覺得接下來的策略還是一起討論比較好。」宣淇這樣說著便起身去開門，門外是魏青，阿光儼然不太高興宣淇擅自主張，卻無可奈何。季微終於見到魏青，她心緒波動著，目光緊跟著她，但魏青則是一副公事公辦的態度，看不出她情緒的起伏，眼神也沒在季微身上停留。

不知情的大保和文嘉跟魏青打了招呼，大保就發難：「魏青你來得正好，今天學校裡不知道誰發這個傳單，我看根本是校方反串，把我們弄得跟黑社會一樣，你說要怎麼辦？」

魏青接過大保給她的傳單，她早料到會有這樣的結果，臉上沒有什麼驚訝的樣子。「我們得有更激烈的手段，引起更多注意、衝撞校長室、系辦、甚至是讓體制無法運作……」

「我不贊成，這一不小心就會讓學生的罷課失焦。」

魏青話還沒講完，阿光就打斷她，季微感覺到兩人劍拔弩張的情緒，文嘉搞不清狀況，「我也覺得不好，太危險了，上次去教育部都沒結果了。」

「你還敢說教育部，你根本沒出現，你就是挑輕鬆的做……」大保從教育部回來之後就非常不爽文嘉，因為文嘉老是抱怨學校的毫無作為，又第一個提出要放棄，大保認為他根本就是個公子哥，只想挑簡單的做。

「罷個課沒必要搞那麼危險吧。」

「什麼危險？我看你是因為下雨就不想去吧！」

文嘉和大保針鋒相對地吵著，最後宣淇打斷他們，「現在是要給學校看笑話嗎？罷課都還沒成功我們自己就內鬨了？」

最近不止阿光和魏青有衝突，學生彼此間都開始出現分歧和怨懟，宣淇一直試著弭平這些衝突，然而每次的挫敗都讓裂痕越來越大。

魏青輕笑了聲，「對啊，美術系都成笑柄了，學校只要以拖待變，學生就會自己散了！」

魏青的話帶刺，卻句句一針見血，擺明不讓阿光好過，他努力試著不被魏青的情緒給激怒，轉頭問宣淇：「立委那還沒有消息嗎？不是說要對教育部施壓？」

宣淇搖頭，魏青聽到他的話後更不留餘地，「你還在期待那些政客？你們美術系到底在罷什麼？現在學校分化學生、老師被逼走，一手牌都打到爛了，不做些更激烈的手段，怎麼可能會有進展？」

「事情沒有你想像那麼簡單，你是聽不懂嗎？」阿光不甘示弱，「你到底有沒有在聽我的話？」

「你其實就是要我聽話吧？」

魏青把兩人私人的關係搬到檯面，阿光要反駁前被宣淇阻止，「好了夠了！現在連你們都要內鬨就是了？」

眾人面面相覷，魏青覺得煩，開門到走廊上抽菸，宣淇無奈對阿光說：「你們要不要溝通一下？」

「我們沒什麼好溝通的。」阿光別過頭又開了一罐啤酒。

「我去看看她吧。」季微起身走了出去。

狹小的樓梯間狹窄昏暗，像是逃不出的牢籠。

魏青正在抽著菸，季微走了出來。

「你還好嗎？」

「還好啊。」魏青波瀾不驚地回她。

季微看到她手上包紮的傷口，想上前關心，「你手怎麼了？你受傷了？」

「喔，沒什麼。」魏青說得淡然，季微想上前看她的手，魏青有些不自在，稍稍退後了點，季微察覺了她的不自在。

「你在怕什麼？」

「什麼在怕什麼，你想太多了。」

魏青越是保持客套，兩人之間如履薄冰的感覺就更明顯。

「所以是我想太多？」季微從來都是順著自己的心意，她哪會明白魏青那千迴百轉的複雜思緒，她只想知道發生什麼事了，「你那天為什麼親我？」

「什麼啦！那天就只是個玩笑，你不用太認真……」

魏青故意笑了出來，避開季微要將她望穿的眼神，季微聽到她的回答，有些受傷的感覺。

「你想過我的感受嗎？這幾天我想到你就很難受，我想見你、想跟你說話……」

季微壓著胸口，彷彿要穩住心臟的跳動，凌亂地想跟魏青解釋，魏青沒想到季微會那麼直接，她奮力使出最後的防衛，保護自己不受波動。

「你根本不懂！你以為你可以想怎麼樣就怎麼樣嗎？你太天真了……」

季微充滿困惑，魏青的言語和她感受到的一切全都矛盾糾結在一起。

此時學生們依序從房間裡走出來，兩人間濃烈祕密的氛圍頓時消散。

「我們要先走了，阿光還在喝酒，根本無法討論……」宣淇說。

宣淇察覺兩人氣氛不太對，但說不出是什麼，文嘉和大保則完全沒發現，眾人離開阿光家後，季微和魏青間又陷入了一陣安靜。

季微先開了口：「魏青……」

「那件事就當沒發生過，」魏青直接堵住了她接下來要說的任何話和可能性，若無其事地說著，「我們就忘了吧。」

魏青說完便下樓離開，季微怔怔地站在那裡，她既難過又生氣，她不懂魏青為何滿是尖刺，而自己卻無能為力，她整理了一下情緒，回到阿光的房間收拾背包。

房間裡剩阿光一個人在喝酒，「魏青走了？」

季微點點頭，阿光忽然拉住她的手，「陪我喝一下？」

季微看他有點醉了，「我要走了。」

阿光很氣餒，「剛剛魏青說什麼？」

聽到阿光這麼問，季微生氣的情緒再度湧現，「你真的瞭解她嗎？」

阿光的神情沉了下去，顯露出無力和脆弱。

「我不知道……我也不知道我跟她在一起到底算什麼？罷課這件事我壓力也很大，我背負那麼多人的期待，我需要的只是她能支持我，站在我這邊，這很難嗎？」

「也許你們根本不適合。」

「可能吧！我從來沒感受過她的愛，我覺得很累，罷課……這一切都很累……」

阿光是被擊潰了，那個在人前意氣風發的學生領袖，現在只是一個受挫的男孩，季微沒想到阿光會在她面前顯露出挫敗的樣子，她不知該如何是好，天生的善良和體貼讓她有些矛盾，甚至跟他有種同病相憐的感覺，她拍著他的肩膀安慰他。

「別想太多了，你先休息吧，也許明天就沒事了。」

阿光看著季微，他急需一塊浮木，一個可以填補他內心挫敗與空洞的出口，他起身拉住季微，親了她。

季微愣住，又馬上推開了阿光，「你在幹嘛！」

氣氛冷了下來，季微還在緩著情緒，她看著阿光，阿光說不出話。

「你們……你到底在幹什麼？我都要被搞亂了！」

季微思緒混亂，她把對魏青的氣也發了出來，然後迅速地離開阿光的房間。

油畫可以一層層覆蓋掉原來的色彩，可以更改錯誤的筆觸、掩埋失敗的作品，畫布可以隨著記憶不斷更迭，像是一場演化。

每天吃完晚飯後，季微會開始畫畫，那段時間裡她什麼都不做，只是細細地調好顏料、勾勒描邊，感受那些色彩提供給她的情感，一筆一畫都可以讓她的心情平靜和沉澱下來，有時過了很糟的一天，她也可以從筆觸中得到緩解，這對季微來說像是神祕的宗教儀式，可以療癒她的傷痛，吐納這世界過多的情緒。

但今晚她坐在畫架，沾了幾筆油畫顏料後，卻不知該畫什麼，每個顏色都跟她沒有連結，最後，她放下畫筆。

床頭上魏青的衣服還掛在那裡，那是一件米色的長衫，她撫著針織的紋路和柔軟的質感，它在魏青身上與她的皮膚相觸的感覺是什麼樣的呢？她很想知道。

罷課也像一幅未知的畫作，在塗抹、掩蓋、擦脂抹粉間演變成季微沒想過的發展。

魏青絕食了。

魏青絕食的決定沒有跟系學會成員討論，當天她表明要去校長室外絕食時，包含泰德、大保和幾個比較激進的同學也跟進參與，季微來到校長室外時，魏青已經在走廊上坐定，走廊上貼滿了傳單，還有兩個黑色大字的布條，寫著「絕食」兩字。

魏青的表情決然，她有時這種毀滅的神情，會讓季微感到難過，彷彿這世間沒有任何人事物值得她留戀。

「現在是怎麼回事？廣場上都要沒人了，你還把學生帶來這裡？」阿光正壓著怒氣在質問魏青。

「我們是分頭進行……」大保解釋。

「真的有必要做到絕食嗎？」宣淇擔心地問。

「大保你怎麼跟著她行動？我們都沒有學生組織了嗎？現在是要聽誰的？」

「現在是凡事都要經過你系學會會長王毅光的同意才能做嗎？」

魏青的話點出最近學生的矛盾，阿光放低了語氣，想跟魏青商量，「你不要這麼不可理喻，那麼多事情我都配合你，但你有想過我嗎？」

「現在是怎樣？你們要跟校方站在同一邊嗎？要就加入我們，不然就回去廣場吧。」

魏青不領情，阿光見魏青已經拒絕溝通，再講下去也是無用，學生們沒有任何動作，阿光為了顧及表面的和平，最後只說了句：「你們自己決定要留在這裡還是廣場上。」

阿光的話表面上聽起來自由民主，卻帶著威嚇感。

「我沒辦法讓別人幫我絕食，我陪魏青留下來，她撤我才撤。」聽到泰德這麼說，阿光有點不悅，大保仍碎唸著坐了下來，小民則趕緊拿了自己的東西，回到阿光的陣營。

學生們各有各的評斷和選擇，宣淇不敢相信事情竟演變成這樣，她還想挽回局面，阿光卻轉頭走人，宣淇無奈趕緊跟上，「王毅光……」

阿光經過季微面前時，季微迴避了他的目光，但她無心顧及與阿光之間的尷尬或不適，她來到魏青面前。

「如果校長他們都不回應呢？你要這樣一直不吃東西嗎？」

「所有的反抗都是要付出代價的。」

魏青的傲氣和固執往往拒他人於千里之外，她用難解的習題，不讓季微靠近她。

「我聽不懂你這些大道理，我只是希望你不要受傷。」

面對魏青複雜難解的招式，季微只有真摯坦誠的心意，總是輕柔瓦解魏青剛強的防備。

魏青依舊倔著表情，「絕食死不了人的。」

季微沒想到魏青會用生命直接衝撞，眼前的學生群已分成兩個組織，以阿光為主的理性和平派，另外是以魏青為主的衝撞派。這件事終於惹怒了向來也理性處事的宣淇，她對著阿光質問。

「你跟魏青到底要鬧多久？不要把你們私人情緒帶到罷課現場來，這樣我們很難做人。」

每次兩人衝突過後，阿光都會試圖跟魏青和解，宣淇想必在私底下對阿光說過許多次，阿光聽到她的話略顯不耐。

「魏青本來就是別系來幫忙的，一切還是以美術系系學會為主。」

「好，如果她是法律系的，那你讓她絕食？代表美術系？」

阿光不說話了，此時文嘉講了話。

「其實這樣也沒什麼不好，你們想想魏青的身分，如果這件事鬧大，他爸會不會介入？這樣也許可以對校方造成壓力？」

阿光沉思著，此時季微聽不下去了，「我們這樣不是在利用魏青嗎？」

季微的質問讓文嘉有些顧忌，廣場上還有些學生在靜坐，他示意要季微看場合，「你講這話就太誇張了，說什麼利用啊。」

季微還想反駁文嘉，阿光此時也幫腔，「她的個性你也看到了，誰阻止得了她？她這麼做的時候有考慮過我們嗎？」

「借力使力啦……既然魏青都做了決定啊。」

季微困惑地看著宣淇，宣淇也不知道還可以再說什麼。

這場罷課會走到哪裡，季微越來越迷惘，越來越不懂，她好想像之前一樣問魏青，跟她自在地聊聊天，也許魏青不會有答案，但她知道魏青會理解她。

如今她們兩人卻只能坐在走廊的兩側，中間隔了季微無法理解的結界，彷彿一碰觸，就會兩敗俱傷。

那是因為渴望和愛情的原因嗎？如果僅僅是愛一個人，就讓兩人的友情再也無法回復，那為什麼季微還是想要愛她呢？也許就是像魏青說的，就當一切都沒發生過就好，她可以不去理會內心的渴望，演一場天下太平的戲碼，也許兩人就可以繼續回到朋友的身分，但為什麼這件事這麼困難呢？

夜晚的校園裡少了學生的活力，只剩校園裡的幾聲蛙鳴，時間已經逼近午夜，學生們躺在紙板上或靠著牆休息，季微和魏青坐在走廊的兩側，各自無眠。

「你在畫什麼？」魏青的聲音像從幽谷傳來，打破了寂靜，季微看著手中的畫冊，黑白素描裡是絕食學生的模糊身影，魏青的模樣在眾人之中是唯一清晰的面容。

「隨便畫畫，記錄一下。」

她想跟魏青說，我在畫你，我的每一筆每一劃都是你，但她卻什麼都沒說，她也開始學會隱藏情感了嗎？

魏青沒再追問，卻讀出了季微這些日子以來的迷惘，「這場罷課對你來說，到底算什麼？」

季微也在想，這幾天來她問著自己是不是太過單純的相信一切了？這世界的運作就跟魏青講的一樣吧，根本不是季微想像的那麼簡單。

「可能……社會化的過程吧。」

聽到季微的答案，魏青輕笑了一下。

「那你呢？你參加美術系罷課，到底是為了什麼？」

季微的問題太簡單，一切回到了本質，魏青卻連最簡單的答案都不確定。

此時走廊傳來腳步聲，阿光走了過來，他看到季微也在，有些尷尬，阿光特意走到魏青面前，拿了幾瓶保久乳遞給魏青。

魏青沒接過飲料，阿光的自尊也放不下，他收回飲料，轉向季微蹲了下來。

「要喝點東西嗎？」

季微搖搖頭，阿光面對季微有些無措，又因為魏青而不自在，他再問季微。

「你要繼續待在這嗎？現在已經很晚了，我送你回去吧。」

「沒關係，我等下自己回去就好了。」

「好吧……那我走了。」

阿光有些失望，察覺魏青正在看他，也無法多說什麼，他默默離開了走廊。

阿光離開後，魏青看著季微笑了起來，那笑既自憐又哀傷，季微疑惑。

「怎麼了？」

那一瞬間季微覺得魏青眼裡是泛著淚光的，但又像是燈光的反射。

「我早該猜到的。」

季微明白魏青在說什麼，阿光的行為顯而易見，「你想太多了。」

「我會不知道他是什麼樣的人嗎？」

魏青說得既不在乎，又充滿尖刺，季微不懂，「所以呢？你有什麼感覺？你會難過嗎？」

季微不明白魏青眼底的淚光是為了什麼？她覺得被背叛？是心碎還是嫉妒？生氣或是放棄？她是為了誰而泛淚？季微都不想善罷甘休，她繼續問她。

「你會因為他難過……還是因為我？」

魏青的眼神依舊諱莫如深，她心裡的深井仍不見底，季微的話語投進去之後，久久都等不到回音。

反抗是什麼呢？

卡繆說，我們都生活在荒謬裡，現實和理想總是充滿了落差，面對這樣的荒謬我們得要去反抗它。

季微後來讀《反抗者》的時候，理解了魏青所說的，反抗讓她感覺活著的意思。面對人生中太多的荒謬，也許反抗並不保證改變，但「反抗」本身的行為就已經是充滿意義的。

季微的素描被當掉了。

校方是體制的運作者，他們握有太多武器，可以輕易打擊學生。系上對罷課學生祭出悔過書的選項，如果寫了悔過書，成績就有補救機會，此一舉動大挫學生的信心，好幾個擔心期末成績的罷課學生，也改變風向轉為投誠。

魏青的絕食、系學會學生們的關係拉扯、校方的各種行徑都讓季微感到氣憤與無力，她明知道這一切都是枉然，還是不甘心地去找簡永行理論，質問這樣的荒謬，作為一種抵擋這荒謬的反抗。

「你以為這世界是怎麼運作的？你太年輕、太單純了……想改變這世界唯一的辦法，就是想辦法爬到最高處，有能力、有權力再來說自由。」

簡永行所在的那個世界，運行的法則超過季微的思考範疇，他靠近季微，逼迫她認清自己的渺小。

「你以後就會發現所謂的自由，不過是有權力的人給你們的。」

簡永行講完後，季微沒有因此屈服或道歉，只在那裡與他對峙，助教趕緊把季微拉出系主任辦公室。

「季微，你是很優秀的學生，別一時衝動毀了你的前途……系主任在藝術圈的人脈和資源不是你們惹得起的……」

助教小聲地跟季微說，想勸她改變心意，但季微氣得說不出話，她說不出話的原因是她無法反駁系主任講的話，簡永行的每句話都是社會的現實。

季微走出了系辦公室，敏莉正在外面等著她。

剛剛敏莉也在辦公室內，她就是那幾個屈服的學生之一，敏莉原本是個熱血參與的學生，在系學會裡負責總務，季微第一次在走廊拿到的傳單，就是她跟男友阿豪在發的。

當時她在教官前大喊著「創作自由萬歲」的聲音，在不到一個月的時間內，早已消散在現實的深谷中。

「你真的寫了那什麼悔過書？」季微問她。

「學校現在就拿我們這些戰俘示眾啊……」敏莉自嘲地說。

季微也不知道怎麼辦，她無法怪罪任何一個學生，讓憤怒都沒有支點可支撐。

「你知道系學會的錢早就用光了，現在都是靠魏青用家裡給她的錢幫系學會……」敏莉嘆了一口氣，「我們把這場罷課想得太簡單了，我也很想和大家一起，但現實是……我們根本無法支撐我們的理想……」

最後敏莉下了一個既殘酷又真實的結論。

也許系主任說的沒錯，自由並不如季微想像中的那樣理所當然，助教說的也沒錯，他們是在以卵擊石，敏莉說的也沒錯，這本來就是一場不對等的戰爭。但這些都沒有讓季微懷疑和怯步過，直到幾天後，教官出動了校警將絕食的學生強制清場，季微聞訊趕到校長室外時，只剩下被撕下的海報、標語散落，教官和校警正在指揮幾個同學收拾殘局。

在那個瞬間季微怯步了，她記掛著魏青，懊惱清場時自己沒有在她身邊，不知道她有沒有受傷？她好幾天沒吃飯，身體可以承受那些拉扯對待嗎？

如果抗爭會犧牲所愛，她還可以那麼堅定嗎？

學校的清場讓學生間的矛盾暫時被擱下，阿光和宣淇把魏青送回家，其他絕食的學生也各自回家先休息。

季微趕到魏青家時，阿光還在跟魏青爭執著她的擅自行動。

「你不能再這樣擅自作主了，你看今天學校是什麼樣子？那麼多學生跟著你，萬一他們受傷怎麼辦？」

經歷清場的拉扯和絕食，魏青已經沒有力氣和阿光辯駁。

「好了，先讓她休息吧。」宣淇制止阿光繼續講下去，然後陪魏青進了房間。

阿光在口袋裡找著菸，菸盒裡卻沒剩半根，他把菸盒丟到了垃圾桶，跟正在整理廚房杯盤的季微說：「董事會已經出面了，我想魏青絕食還是有造成校方壓力，不然學校不會強制清場。」

阿光此時說這樣的話，讓季微有點困惑，開始不懂抗爭的樣貌，「抗爭就是這樣嗎？」

「抗爭本來就是大家一起的活動，不能每個人想做什麼就做什麼，有些是必要的妥協，不可能讓每個人都開心的。」阿光走近她想解釋，「但這都是為了罷課能成功……我希望你能理解我。」

阿光的話語太多考量，季微想理解他言語間的意圖，但每個人都有各自的算計和目的，對她來說都太過複雜。

阿光靠近她，語氣和眼神都變得輕柔，流露出想要得到支持和認可的盼望，「季微，這幾天我一直沒時間跟你好好聊聊，那天在我家……」

阿光話還沒講完，宣淇就離開魏青的房門走了出來，阿光不自然地跟季微拉開距離，但仍被宣淇看到了，她懷疑地看著兩人，但決定不多過問。

「我差不多要走了，你們要一起走嗎？」

「我想留下來陪魏青。」季微直接就說了。

「好，那我去看看大保和泰德，看他們狀況……」阿光故作沒事地離開現場，卻讓一切更顯得極不自然，宣淇憂慮地看著阿光離去，然後轉向季微，她本來想開口講些什麼，但最後仍什麼都沒講，「那我也先走了。」

公寓裡只剩下季微和魏青了。

這是季微第一次能好好感受這個地方，這原本應該是一家人住的公寓，魏青獨自一個人住在這裡顯得太大了。

季微想像著魏青一個人在家裡的模樣？她會坐在哪裡看書？平常吃什麼午餐？會不會感到寂寞呢？魏青彈鋼琴是什麼模樣？她會彈什麼曲子呢？

季微才發現這一個多月來對魏青的認識都建立在罷課上，她突然很想知道魏青的一切，想要了解她是怎麼長大、過著什麼樣的童年。

微弱的路燈灑進魏青的房裡，季微在她的床邊蹲了下來，仔細觀察著魏青熟睡的沉靜臉龐，她渴望撫摸魏青，卻怕吵醒她，她伸出手沿著魏青的臉頰、肩膀緩緩移動，想像觸碰她的感覺和溫度，也許只有在這時候魏青才如此寧靜平和，而她才能毫無保留地釋放對她的情感。

Chapter 7

鋼琴

魏青感覺自己睡了很久，久到像過了好幾個世紀，她已經很久沒有這麼熟睡過了，以至於當她醒來發現季微在的時候，她分不清楚這是真實還是夢境，該不會自己還在夢中？

她靜靜地看著季微好久，試圖找回和現實的連結。早晨樓下的車聲一如往常、春天的寒意潮溼爬上毛細孔，魏青這才確認她是在真實的世界裡，而非任何一個夢境中。

季微窩在房間的小沙發裡睡著了，她看起來如此柔弱，卻執拗得像一座雕像，決意守在她的身邊哪裡也不去。

魏青起身幫她將滑落的毯子蓋上，季微緩緩張開眼醒來，魏青有些後悔吵醒了她，她怕她醒來之後就會離開自己。

「你什麼時候醒的？」季微問。

「一陣子了。」

魏青的語調和眼神難得地和緩溫柔，季微有點捨不得離開這氛圍。

又是一陣安靜，兩人之間心緒紛飛，恐懼、期待、渴望和未知全都擰成一絲沉默，季微和魏青誰都沒先開口，時間彷彿裂了一個縫，就暫停在這一刻，沒有過去和未來，沒有其他人，只有她們、現在、此時此刻。

直到一陣陣急促的門鈴聲打破了寧靜，瞬間把現實灌進凝結的時空中，魏青的表情再度收斂起來，她起身去開門。

當魏青看到父親站在門外時，她所有的不安、焦慮、厭惡和罪惡感都重新回來了，她頓時感覺全身僵直緊繃無法做任何反應，父親的眼神淩厲毫不留情，他推開門毫無遮掩地走進客廳。

這是父親第二次來到這裡。

剛上大學那年的暑假，父親把魏青送到這個家。

那不是父親第一次把她送離開他的視線，有時她會覺得父親對待她，好像是身上有塊難以忍受的汙點般，亟欲抹除，但留在家裡對魏青來說也很難受，保持距離是最好的互動。

當時父親要請人照顧她，雖名為照顧，但更多的是監控，監控她不會再走上歧途、不會傷害自己。

魏青失去的已經夠多，無法再犧牲掉自由，即使這自由僅是身體的自主權利，於是她對他承諾一切會恢復正常，以換取奢侈的微小自由，「但我希望家裡的鋼琴可以搬來。」

魏青還清晰記得父親聽到「鋼琴」兩個字時一閃而過的嫌惡，「你不是不喜歡上鋼琴課？」

「我不會再彈了……」魏青這樣說。

於是，鋼琴和自由換來她成為一個不再傷害自己的正常人，即使是假裝的。

這一切本來都平衡得很好，她跟阿光在一起，騙過阿光、騙過父親和所有人，最後也騙過自己，讓她相信自己是可以融入一般人的生活的，她跟阿光一起去參加對父親背後威權政府的大大小小抗爭，父親也都看在眼裡卻不多說，彷彿這是他們心知肚明的一場戲，證明彼此可以容忍，相安無事。

直到罷課開始，直到季微……。

客廳裡的父親打量著家裡那些抗爭物品，神情不以為然，「美術系抗爭干你什麼事？你去攪和什麼？」

魏青則站在原地，一動也不動，什麼話也沒說。

季微聽到聲音從房門內出來，看到這個情況不知該怎麼辦，她誤闖了魏青的另一個世界，但她想知道魏青的所有一切，於是退到廚房邊聽著他們的對話。

「還弄到絕食，你是不要命了？」這次的抗爭跟以往都不一樣，魏青變成帶頭作亂的學運領袖，她明白這次她已跨過父親能容忍的那條界線。

「你真的在意我死活嗎？」

魏青其實一直想問父親，會不會她死了對他來說比較輕鬆？不用隨時有一個未爆彈，一個令家族蒙羞的麻煩人物。

「你就是要跟我作對吧？老是去參加什麼罷課、抗爭的……，這些事情我看太多了，你們學生這根本是扮家家酒……」

他所說的並不是誇張的恐嚇，而是在過去戒嚴時期發生過的事，那些威權還根深蒂固在他的血液中，父親拿了張罷課的傳單坐到沙發上，這空間頓時變成他的地盤，魏青像是闖進獅子園的小白兔。

「如果不是靠我的關係，你可以說不上課就不上課，不用被記過？」

「你可以把我當掉、退學，我又不想要這些特權……」

「你以為沒有我的話你能做什麼？你從小到現在有打過一份工？吃過苦？你吃的住的哪樣不是我給你的？你要什麼我都給你，你還不滿足？」

「你根本不知道我要什麼，我想當你女兒？」

魏青使出所有的力氣在跟父親對抗，這時一個巴掌「啪」一聲打在魏青的臉上，刺人的熱感，在魏青的臉上擴散，空氣彷彿都在扎人。

「這什麼罷課鬧劇的該落幕了。」父親把那張罷課的傳單隨手一丟，義正辭嚴地對魏青說，「你一輩子都是魏家的人，最好認清自己的身分，不要在那邊丟人現眼。」

魏青沒有反應，她咬牙忍著眼裡的淚。

這時父親看到了季微，季微目睹一切，她想上前卻不知道該怎麼做，他打量著季微，季微也看著他，卻沒有迴避他的目光。

魏青察覺父親發現季微在旁邊後，她突然感到慌張焦慮了起來，比她獨自一個人面對父親時，還要恐懼。

「還有，你不要一直給我搞一樣的事。」

魏青知道父親在講什麼，他的這句話讓所有過往的恐懼和創傷瞬間席捲而來，她感覺搖搖欲墜。

魏青的父親離開後，季微想上前安慰她，魏青卻快步離開進了房間，轉身把季微關在門外。

一幀幀的蒙太奇在魏青面前閃過，凌亂的鋼琴聲、黑白琴鍵上的四手聯彈、老師笑著的神情，過去一切像是一個不斷擴大的黑洞，不停地要把魏青吸進去……

「魏青……」

季微在門外的聲音把她拉了回來。

季微敲了幾下門，每個輕響都是打在魏青心上的重擊，一聲聲像是探進黑暗裡的光，從遙遠的星際向她奔來，她的心臟在回應她，她開了門。

魏青想著自己也許該講個什麼話，但她卻說不出話來，她如果開口，可能眼淚就會掉下來……

季微只是心疼地看著她，彷彿她沒說出口的那些傷痛都被理解了，季微摸摸她的臉頰，想更靠近她一點，但魏青像個受傷的小動物，害怕遲疑著，她幾乎可以聞到季微呼出來的氣息，每一個氣息都在讓她們更靠近彼此，最後季微的脣貼上了她的。

魏青哭了，眼淚墜落在她心裡的深井，掀起了一陣漣漪，魏青的心在震動著，那些往昔她錯失遺憾壓抑的情感都傾巢而出，淹沒了她所有的偽裝和理智，季微只能跟著直覺讓魏青帶著她到了床上，兩人之間再也沒有任何隔絕和阻礙……

魏青撫著季微的髮絲看著她，好像在確定這是不是一場夢，她想把她蝕進骨髓血液中，渴望季微的一切，季微覺得身體在燃燒著，魏青手指滑過她身體的每一寸都讓她更灼熱難熬，她想平息自己的顫抖和喘息，身體卻不由自主地迎合魏青的每個碰觸，她想要與她更靠近，想要了解她的每個呼吸、氣味和肌膚紋理，想跟她成為一體，融化成一片溫暖的大海，隨著一波波的浪潮起伏、騷動、繾綣酣暢，直到最深的湛藍裡⋯⋯

又下起雨了。

魏青一直不喜歡下雨天，這個房子太空曠，雨滴迴盪的聲音像某種放大的介質，尤其是這種綿綿細雨，彷彿凌遲式的逼供，把寂寞全都榨了出來。

「其實你一直都知道吧？喜歡女生這件事。」季微的聲音把她從虛空裡拉了回來，季微就躺在她的身邊，懶懶地問著她。

魏青看著季微的眼睛，為什麼這雙眼睛可以如此清澈？即使灰塵掉落都無法沾附在她的眼光中吧？她有時很害怕季微這樣的眼神，每一次四目相對，季微都像一道光，非得要在她心裡的深淵照個透徹。

也許是因為這樣，所以當她開口講了鋼琴老師的事時，連她自己都沒想過。

魏青小時候被父親逼著學鋼琴，父親想要她端莊、淑女，希望她在家裡有客人時，可以彈奏個幾曲，學琴是父親給她的任務，展現富貴、顯示教養，但魏青從來沒有真正喜歡過鋼琴課，常常使出一些小手段，被氣走的鋼琴老師換了一個又一個，直到碰到了她。

老師跟她說，她可以把沒有出口的情緒和感受，藉著彈琴發洩出來。那是第一次，魏青知道她可以不是為了父親而彈琴，她以為老師懂她琴聲裡的感情，但她那時候也太年輕，終究是高估了愛情，低估了社會現實，一個與生存搏鬥的鋼琴老師，怎麼可能為了一個高中生，賭上自己安逸的人生？

魏青不知道父親給了老師什麼樣的條件，老師沒有留下任何字句，就這樣從她的生命裡消失，琴聲戛然而止。

「但我也就不用上鋼琴課了。」魏青說這句話時是笑著的，她想如果笑著說，這件事或許就可以當作一個玩笑。

但季微沒有笑，她難過地看著魏青，「後來那個老師呢？」

後來那個老師呢？後來？後來怎麼了？

記憶好像在那時候就暫停了，她沒想過後來。她不知道這故事還有後來。

鋼琴老師離開後，父親為了讓她轉移注意力，把她送到美國的親戚家一段時間，魏青覺得徹徹底底被遺棄了。她每天看起來還是可以有說有笑，但她覺得自己只像一具軀殼，靈魂時常抽離身體，疏離地看著一切，她身上破了一個洞，所有感覺都從她的身上穿過，怎麼填都填不滿。

第一次跟父親大吵一架自殘後，她默默地把廁所的血跡清理乾淨、將自己包紮好。後來去美國的時候，她仍然在無法忍受的時候割自己，有時候她得靠那些痛來證明自己還活著。

有一次被姑姑的五歲小女兒發現了，對方看到血以為她死掉了，嚇得嚎啕大哭，魏青頓時愣住，好像那孩子哭出了魏青未曾宣洩的感受，好像終於有一個人為她的痛如此難過，導致後來的事她都記憶模糊。姑姑跑上來看到一切，把這件事告訴了魏青的父母，魏青聽到母親在越洋電話的另一頭哭泣的聲音，問她為什麼要傷害自己？為什麼要把自己弄成這樣？說著鋼琴老師是多不負責任，說她要是真的愛魏青，會接受他們家的錢嗎？

這些問題魏青都沒有答案，每一個問題都在魏青心裡撐開越來越大的裂縫，裂縫的另一邊是另一個她，她離自己越來越遠，根本無法平衡這巨大的斷裂感。

後來魏青不再彈琴了，卻把鋼琴放在那裡，時時提醒著她、警惕她曾犯的錯誤，她的傷口還沒清創，就把記憶封住。

季微看到魏青側身上，有一小段日文的刺青，「這是刺青嗎？會痛嗎？」

魏青搖頭，「已經不痛了。」

季微輕輕撫著，「上面寫的話是什麼意思？」

後來魏青只能沉到書本的世界裡，她看太宰治、三島由紀夫、谷崎潤一郎……，好像只有這些厭世、迂迴又病態的文學可以產生些許感覺的共鳴，卻也因為這些文學而救了她一命。她把《斜陽》裡的一句日文，刺在心臟下方的位置。

「像太陽一樣活著。」魏青說。她在《斜陽》裡看到這句話時哭了，她告訴自己要活得勇敢，像太陽一樣。

季微聽了卻說：「一定要活得跟太陽一樣嗎？」她抱住魏青，「我覺得能好好活著就很好了啊。」

這一句話如此輕盈瓦解了魏青身上的武裝，那些她以為可以看起來更勇敢、更堅強的偽裝，以為愛一個不同的身體，就可以活得平凡一點的偽裝。

其實她把鋼琴帶來真的只是一場折磨嗎？

如果是這樣，她為什麼仍在梳妝桌的鏡子前留著一張鋼琴老師的相片，每隔一段時間，仍然找人來為鋼琴調音？

後來季微一直抱著她，那是魏青很久以來難得睡得那麼安穩的一晚。

隔天魏青醒來的時候，季微坐在床邊畫著素描，鉛筆摩擦在紙上，發出細小規律的聲響。

「你在畫什麼啊？」魏青想往前靠近看季微的畫作，卻被阻止。

「不行啦，還沒畫好。」

「為什麼不能看？有什麼祕密嗎？」魏青不放棄，還是作勢想要偷看，季微笑著阻擋著，「不然你也來畫一張，我們再來交換看，我也想要一張你的畫……」

「我又不會畫畫，就說很像鬼畫符啊。」

「哪有人不會畫畫啊？」

兩人在床上輕鬆打鬧著，此時床頭的電話響了起來，鈴聲打斷了兩人的世界，魏青起身接電話，季微也安靜了下來。

電話那頭是阿光的聲音，瞬間魏青回到了現實，她們原來並不是在什麼遙遠的應許之地，這世界並不是只剩她們兩個人。

「學校要我們跟簡永行當面在公聽會上講清楚，時間定在週五下午……」阿光跟魏青講完後，語氣變得溫和，「你還好嗎？以後不要再做絕食這種事了，我很擔心你。」

魏青回神，阿光繼續說：「這場罷課對我來說很重要，我希望你可以在我身邊支持我好嗎？」

「知道了。」魏青說：「晚上討論再說吧。」

魏青掛上電話後就起身穿衣服，邊用報告事項的聲音說著：「學校答應舉辦公聽會，讓簡永行直接與學生對質……阿光他們晚上會過來。」

季微看著魏青的背影，察覺到幾分鐘前還親密的氛圍如手中的流沙一般消逝，她明白事情不會一直這樣下去。

「我們的事……我不想讓人知道。」魏青轉為漠然，季微的心情也受影響，她無奈地笑笑，試著不要讓話語太多尖刺。

「那阿光呢？」

魏青停了下動作，「絕對不能讓他知道。」

季微一時不知道該怎麼繼續這對話，她看著魏青，想等著魏青再說些什麼，但魏青迴避她的眼神，穿好衣服出了房間。

Chapter *8*

分崩離析

學生們再度聚到魏青家的客廳，熱絡地在討論公聽會的流程和對策，之前的衝突和不滿又像是都沒有發生一般，包括魏青和阿光。

季微沒辦法好好聽學生講話，只是自顧自地喝著啤酒，然後不經意一直看著魏青和阿光的互動。

季微想聽魏青和阿光到底講了什麼，她稍稍地靠向廚房門口，看著阿光和魏青。

「公聽會上校長和校內董事都會出席，校方已經發出新聞稿，那天也會有媒體來。」宣淇與文嘉和泰德討論著，卻發現季微在看著兩人。

阿光正在安撫著魏青，然後把魏青抱在懷裡，魏青沒反抗，但她眼神的餘光與季微對上，季微覺得好不舒服，她起身離開了客廳。

這一切到底怎麼了？

很多事情都不是想像的那麼簡單，是嗎？

窗外夜色迷濛，季微一個人不熟練地抽著菸，菸味嗆得苦澀，人的本能不是應該逃避痛苦嗎？但為何生而為人卻明明知道這一切傷身不舒服，卻還是要去沉浸在其中呢？

「你還好嗎？」

宣淇也走了出來，點了根菸。

季微點點頭，沒回話。兩人之間沉默了一下，然後宣淇語重心長地説：「季微，你知道現在這種狀況，大家都很混亂……但有時候這種混亂，會讓我們誤以為是一種激情。」

宣淇覺得自己唐突，有些不好意思補了句：「我不該説這些……但是，一切先以大局為重好嗎？」

「什麼大局？」

「阿光他也知道……他需要魏青，現在最好不要讓他們的感情再起任何波瀾了，一切等到罷課結束後再説吧？」

宣淇一直在團體內扮演著理性的角色，她努力維持著系學會的運作，魏青曾跟季微説過：「雖然表面上阿光是系學會會長，但宣淇才是系學會真正協調、溝通的領導者。」

季微當下也明白，阿光跟魏青的和好，系學會維持這樣的和平，彼此還能繼續這樣下去，宣淇應該是其中重要的關鍵人物。

但是宣淇所認為的真相是哪個真相？她理解的是她和魏青的關係嗎？如果是的話，這是多麼感人的共謀，但事實上卻連這樣小小被證明存在的情感都是季微的奢望，宣淇並不是這樣想的。

季微本想解釋，但又收回了話，一切就「先以大局為重」吧。

在季微決定這樣做時，她心裡有一個很純粹的東西消失了。

接下來，學生們都在準備公聽會的事情。

大家看起來好像團結齊心，但季微還是覺察有些事情不一樣了，每個人像都在努力維持著表面的和平，彷彿公聽會是最後一項需要共同維持的任務。

心美與小馬分手了。

心美回來臺北那晚到季微的房間跟她講了這件事。

季微沒想到會這樣，「你不是回家跟他好好溝通的嗎？」

「本來是這樣……我們本來只是因為罷課的事吵，後來他要我乾脆不要再念大學了，但我想念大學啊……我不知道他為什麼不支持我？有天我就突然覺得……天啊，我怎麼會喜歡這個人啊？」

心美雖然瘦了一圈，卻看起來輕鬆很多，「你知道嗎？我以為的愛可能只是習慣而已，我可能沒有想像中愛他。」

季微聽著心美講話，這段時間發生的事像是過了好久，她們都好像老了十歲。

「我不在的時候，你都還好嗎？」

心美這樣一問，季微的傷心突然湧現，她把臉埋在手裡哭了，心美嚇了一跳，「季微……你怎麼了？」

但季微只是搖搖頭，她也很想跟心美講魏青的事，卻不知道從何說起。

「我不知道該怎麼說。」

「那就等知道該怎麼說的時候再說吧。」心美說。

季微點點頭，她想到魏青跟她說：「罷課結束前，我們先保持點距離吧。」

於是季微明白，她不能破壞這個平衡、這個表面的和諧，所有人都打算先把罷課這齣戲演完，而公聽會就是最後一幕。

公聽會在學校的會議室進行，校方為求公正，邀了記者媒體參加，還找了好幾個反對罷課的學生聲援。

「我們的五點訴求如下：一、立即解除系主任簡永行之教職，二、立即恢復泰德學籍，三、重新審議學生評分標準，四、美術系師生共同研擬校務改革，五、不得秋後算帳……」

季微和心美進到會議室時，宣淇已經在宣讀著罷課的訴求，學生和校方各據一方，魏青站在學生群中，並沒有坐在學生代表的那邊，這是兩方第一次對話，大家都在等著簡永行的說法。

「各位老師、同學，所謂的美感究竟是什麼？」

簡永行一起身，並沒有氣勢凌人的模樣，反倒以一種溫和受害者的樣貌說著話，簡永行拿起桌上的杯子，煞有其事地繼續說著。

「我認為這個東西美，有些人覺得不美，每個人對於創作各自有自己的評價，今天有些同學分數低，是因為他不合我的標準，如果每個人都覺得自己的創作被貶低而大舉創作自由的旗幟……然後反過來質疑老師，那學校該如何運作？」

簡永行講得義正辭嚴，好像真正的受害者是他，是他要跟大眾尋求公平正義，罷課學生們有些人開始鼓譟，但簡永行繼續說著。

「我從來沒戀棧系主任這個位置，但學生的指控完全是抹黑、斷章取義，學校一切依法處理……」

學生噓聲越來越大，此時校長又加了句說明。

「我們不鼓勵學生抗爭，學校有任何事情，應該要先報告老師，這種影響學生受教權的活動，校方立場不會改變。至於美術系系主任的不適任案，我們會交由校務委員會處理……」

「幹！你這校長講什麼鬼話啊！搞那麼久還跟我講這個！」大保忍不住直接開罵，學生也被煽動了情緒，一片譁然和喧囂。

魏青這時明白，這場戲的主角根本不是學生，是校方。

公聽會只是一個表面形式，學校並沒有真的要跟學生溝通，學生反而落入了校方的圈套，幫校方演出一場學生冥頑不靈和破壞秩序的大戲，這場罷課離謝幕還很遠。

「委員會成員完全沒有經過學生同意，全都是校方自己的人！你們球員兼裁判是要評斷什麼？」

阿光想要跟校方溝通，沒想到此話一出卻讓學生情緒更激動，最後阿光只能吼著：「系主任不適任，立即解除教職！」

宣淇提醒阿光控制秩序，校長拿起麥克風，「一切由校務委員會……」

校長話還沒有講完，一個學生突然衝上前搶走了她的麥克風。麥克風發出一陣尖銳聲響，引爆了學生和老師之間的衝突，正反方學生們的情緒彼此鼓譟、叫鬧著，場面開始失控，阿光和宣淇想要控制局面，「同學冷靜一下……」。

此時一個人影站到校方的桌上，魏青吸引了學生的注意，用麥克風大聲喊著：「我們要奪回自己的權力！絕不能向體制屈服！佔領系辦！」

魏青出其不意地掌控了全局，阿光和宣淇愣住了，學生們找到另一個目標，轉身離開會議室前往系辦公室，魏青和大保也搶先一步跟著學生們走，一邊舉著手高喊著：「佔領系辦！佔領系辦！」

學生們湧進美術系系辦公室，憑著人數優勢，把助教和老師給請了出去，學生們情緒高昂，彷彿打了場勝仗，但在系學會人群之間，阿光和魏青間的角力又再度浮上檯面。

學生把系辦變成了另一個廣場，幾個核心成員聚在系主任辦公室內，阿光坐在系主任的旋轉椅上，魏青則站在窗戶邊抽著菸。

「我們要在這待到何時？」文嘉首先發難。

「不知道，你問魏青啊。」阿光帶著挖苦的意味說著，文嘉沒發現，還真的轉身看魏青。

「等校方做出回應。」魏青說。

「這……這不就是從廣場換個地方的概念嗎？」

「我昨天有說要佔領系辦嗎？有嗎？」

阿光刻意問著大家，魏青知道阿光在針對她，季微發現氣氛不太對勁，宣淇也默默地把系主任辦公室的門給關了，大保搶著說：「我覺得這樣也很好啊，你看外面多了那麼多學生……」

「我說的是我們沒有討論就莽撞行動，還讓那麼多記者看到，別人會以為我們就是一群暴民……」

阿光雖然是回答大保的話，但明顯是針對魏青。

「你都罷課佔領了廣場，還擔心被當成暴民？你以為抗爭是什麼？大家講講話，發表高見，握手言和，然後皆大歡喜？」

魏青一連串的砲轟，讓阿光覺得怒不可抑，他重重地拍了下桌子，所有人都嚇了一跳。

「今天系學會會長是你嗎？你憑什麼指揮學生佔領系辦？」

「阿光，你嚇到學弟妹了……」

宣淇想要阻止阿光，魏青也不甘示弱。

「所以你在意的是這個吧？你的光環被搶走，系學會長的面子都丟光了！」

「媽的！你又懂什麼！你只是為了反抗你老爸，所以跟我們鬧事想引起他的注意，但你怎麼亂來都有老爸撐腰，怎樣都會沒事，我們其他人呢？」

這幾天兩人努力維持的平衡再度斷裂，現場眾人不知該怎麼做，連宣淇都不知道怎麼介入，此時季微上前阻止阿光。

「沒必要這樣講話，大家都已經走到這裡了。」

「季微，這不關你的事。」

阿光說著，反射性把季微拉到自己身邊，魏青看到兩人互動，看著阿光。

「你以為我不知道你在想什麼嗎？」

這下換季微不明白了，她上前想跟魏青對話，卻被阿光拉住，這一切看在魏青眼底，她覺得什麼都不對了，「既然你那麼不開心，那就這樣吧，不用勉強……我們分手吧。」

眾人面面相覷，季微沒想到魏青會這樣說，她不知道魏青到底在想什麼。

「你把我當什麼了？」阿光問。

現場氣氛降至冰點，大保本想說些什麼，但宣淇阻止他，「我們先離開這裡好了，你們自己談一談……」

「不用，沒什麼好談的，我走就好了。」

魏青說完這句話，便起身離開系主任辦公室，季微看著她離去，反射性掙脫阿光的手，起身跟上了她。

夜晚的校園空無一人，魏青的腳步聲快速迴盪在走廊上，季微在後方跟著她，「魏青！魏青……」

「你們到底想要我怎麼樣？我快要被你們搞瘋了！」

魏青轉身面對季微，情緒像洩洪一樣全倒了出來，她惹得季微也大受影響。

「我們？我們沒人知道你在想什麼！你好像不在乎他人、不管別人怎麼想，但根本不是……」

季微的情緒也爆發了出來，那些對彼此的了解全都變成了刀刃相向。

「你不要一副想拯救我的樣子！你又多了解我了？」

季微很想哭，她跟魏青經歷了這麼多，魏青總是把她推開，她只是單純地想去愛，卻碰上一個複雜的人。

「我至少知道我要什麼，就算沒有結果，我還是想跟你在一起……」季微眼前已經越來越模糊，「我也是會受傷的……」

季微哭了，她不知道愛一個人為何那麼難。

魏青看到季微落淚，那些往昔的害怕、罪咎佔據了一切，她不敢看季微，她得撐著硬殼才不會碎裂，她最後只能努力擠出一句：「我想我可能不會愛人，你還是去談正常的戀愛……比較簡單。」

魏青話才說出口，就知道自己全盤輸了，她在一開始就已經對命運投降棄守，根本不值得擁有任何幸福。

季微傷心得再也講不出一句話，轉身離開了現場。

如果一直坐著車離開這一切，人生會比較簡單吧。

不要再想著去爭取什麼、去反抗什麼、愛著無法愛的人、追求得不到的東西……，如果就順著生命簡單方便的路徑走，也不會有這麼多煩惱和掙扎了。

夜班公車上沒有乘客，馬路上的車燈和路燈，每一顆都像微小的星星，明明滅滅，在季微的身上停留又殞落。

這班公車也許可以帶她到很遠很遠的地方，把一切都拋在腦後，她不用再來學校，也不用再看到魏青……。

但季微僅是想著與魏青分開，淚水就不停地滑落。

季微做了一個夢，夢裡惡潮浪濤不斷向她襲來，她快要被海水淹沒，卻發現魏青一動也不動地沉在海底，她在夢裡又哭了一次，眼淚變成泡沫被海吞噬，連流淚這件事都無法被證實。

然後季微又醒來了，她連自己是不是真的在夢中或哭著醒來，她也不確定，悲傷像是冬日冷冽的空氣，每個呼吸都刺傷自己。

魏青的衣服還在那裡，季微看著它、對它生氣，好像魏青被附身在裡面，如果她用盡所有的力氣，就能釋放出魏青的靈魂，讓她自由，也讓自己自由。

季微在房間裡關了兩天，心美好幾次敲她的門，她都不知道自己是醒著或是睡著，有時候她有回應，有時候又沒有。

心美擔心她，不時會敲敲她的門，跟季微講講話，都是些日常瑣事的報告，「我去學校了。」

「我買了晚餐，如果肚子餓的話就一起吃吧。」

「我去睡了，晚安。」

心美也不管季微有沒有聽到，就只是如常的善意，既不打擾也不逼迫，讓季微覺得心懷感激。

第三天的晚上，心美又來敲了敲門。

「你媽媽打電話來找你，你要接嗎？」

季微這才從床上醒來，走了出來，心美看到她終於走出房門，心情釋然很多。

季微接了電話，電話那頭傳來母親的聲音，「微微，吃飯了嗎？」

母親這樣問的時候，季微才覺得肚子餓了，時間已經是晚上七點半，心美正在客廳裡吃著泡麵。

「還沒，等等吃。」

「家裡收到你的曠課通知單，怎麼了嗎？」母親沒有責罵也沒有質問，彷彿那張通知單也只是一個普通信件。

「我們在罷課。」季微說。

「罷課？為什麼罷課？」

母親的語氣沒有批判意味，只是純粹好奇。季微被問了個根本的問題，想了下。

「因為……學校不自由，我們希望學校可以更好、更自由……」季微講著講著，卻有點不太確定了，「本來是這樣的，我以為我們都要去同一個地方，但是好像不是……每個人想的都不一樣。」

電話那頭靜默了好幾秒，最後母親只是溫柔地說：「每個人本來想的就不一樣啊……但不管別人怎麼想，你自己呢？」

母親寬慰的話語，撫平了季微內心的疑惑和傷痛，季微眼眶感到一陣熱，母親好像察覺了她的情緒。「好了，趕快去吃飯吧。」

季微掛上電話後，心美問她：「要吃泡麵嗎？」

季微點點頭，「好餓喔。」

Chapter 9

在孤單的荒原

魏青高中的時候，曾在書上看過一個理論：光速大約是每秒三十萬公里，如果有人可以跑得比光速還要快，那麼他就可以回到過去。

老師離開魏青之後，每當魏青面對失眠的夜晚，望著蒼白的天花板像是一片沒有邊界的草原，她都會想到底要跑多快才有辦法離開這一切？要跑多快她才有辦法回到過去？要跑多快，她才能追上那個把她丟下的人？

有個晚上，魏青真的出門去跑步，她跑了很久很久，從黑夜跑到天光露出魚肚白，從城市跑到了郊區，跑得很累的時候她就用走的，拖著步伐一直往前，卻不知道自己究竟要去哪裡。跑到再也跑不動之後，她終於停了下來。

她以為自己已經跑得夠遠了，但是她沒有到達世界的盡頭，時間也沒有回到過去，她依然是一個人，被遺留在悲傷寒冷的草原上，沒有邊境。

季微從廣場上離開之後，魏青無法抑止地哭了。

她好像回到那個跑步的晚上，跑了很久很久，除了筋疲力盡之外什麼都不會改變，她還是一個人在冰封的荒原中，但她知道這一次是她自己把季微推得遠遠的，她不相信季微……不對，她不相信的是自己。

她再度回到了一個人，偌大的房子裡，安靜無聲。

梳妝檯上那張相片，只有留下老師彈鋼琴的手，模糊不清的側臉，魏青留下這張相片也像留下鋼琴一樣，她想忘記她，卻又不願忘記她，但這晚她看著那張相片時，卻怎麼也想不起老師清晰的模樣，浮上眼前的都只有季微的容顏。

學生闖進系辦公室這件事在媒體前曝光後，還是起了點作用，魏青猜測父親也在其中施壓，隔天教育部就回應會妥善處理罷課事件，之後便派教育部次長前來與學生斡旋。

教育部要求與三位學生代表見面，縱使魏青還在系辦，但她明顯已被排除在決策小組之外。阿光、宣淇和文嘉前去與次長會面，不到兩小時的時間，雙方就達成了共識。

晚上在系辦的時候，宣淇對學生們傳達了與教育部次長會面的結果。

「教育部派次長來，他願意接受我們的訴求，他承諾會處理簡永行的去留，也會重新審查泰德的學分問題，體制改革的部分，教育部說會監督學校成立校務委員會檢討改正……」

宣淇還沒說完，泰德欣慰地鬆了一口氣，其他學生也感覺到抗爭終於得到結果，振奮且滿足。

「但是……次長希望我們要先退場……」宣淇講出教育部的唯一條件。

魏青聽了以後，直覺有問題，打斷宣淇：「既然他們承諾了，那我們就等到簡永行下臺再退場，現在退場就沒有籌碼了。」

魏青看向阿光，但阿光幾乎沒看她，只是跟其他學生們說著：「教育部的誠意是夠的，繼續下去能量也很難維持……」

魏青知道阿光在針對她，「你們私下閉門協商，是拿了什麼好處了？」

有些同學騷動著，小民跳出來幫阿光講話：「學長一直努力幫我們爭取權益，幹嘛這樣說啊？」

「罷課已經到極限了啦，魏青……」敏莉也跟著勸說。

「學期都要結束了，我們也有學分的問題，再下去沒有好處，現在好不容易要退場了，不要沒完沒了一直搞破壞……」

「欸！你說什麼搞破壞？」大保聽到文嘉這樣講，忍不住上前直接對罵。

學生間有不同的聲音出來，又開始鼓譟起來。

泰德插上話，爭吵才緩了下來，「這件事由我而起，能和大家一起走到現在已經很值得了，不管結果如何，我只是希望大家能有一個共識……」

「直接投票吧。」阿光打斷他。

「我贊成，少數服從多數。」

文嘉也跟著附和，學生們似乎覺得這是一個好的方法，但阿光卻說：「美術系罷課是美術系學生的事，應該由美術系學生決定。」

阿光言下之意不希望魏青參與，宣淇和大保都沒想到阿光會提出這樣的要求。這要求看似合情合理，卻不符合道義，兩人面面相覷，大保想說些什麼但又被宣淇制止，阿光看來不肯讓步，如果繼續爭論下去只會讓學生們嫌隙再度擴大，她對魏青投以抱歉的目光。

此刻魏青明白，她跟阿光兩人之間的情誼已經蕩然無存了，她一直努力想要融入的世界、想要去反抗的不公、想要證明自己活著的期待，到頭來卻只是另一個牢籠而已嗎？她又再度一個人回到那片荒漠中。

「等一下……魏青以一個外系學生為美術系付出這麼多，現在她沒卻資格參與退場決定？」

魏青回神，看到一直在旁邊默默看著一切的季微，跳出來為她講話。

「阿光……我覺得這件事……」泰德此時也想幫魏青講話，但阿光打斷他們。

「季微你不懂……如果每個人都有意見，那永遠都做不了決定。」

阿光對季微說著，但這些都是欲加之罪，季微想反駁，魏青卻制止她。

「算了，我本來就不是美術系的。」

最後魏青講這句話的時候，已經沒有任何情緒了，一切只是不停地重複，人生本來就如此荒謬，是她誤把理想當成了現實，魏青講完後，便轉身離開了。

深夜的廣場空無一人，抗爭的布條、旗幟仍然貼滿牆面，幾個寫著「創作自由」的標語還掛在教室的圍牆上，巨幅的「自由」兩字，看起來格外顯眼，隨著風飄搖擺盪，變化各種樣貌。

魏青坐在廣場的階梯上，眼前像一片裝飾華麗的舞臺劇布景，如今早已沒了演員，只有她一直想演下去。如果一直演下去，她就可以假裝她是自由的吧？但會不會其實她根本不知道，什麼是自由？

一直都被關在籠子裡的鳥，怎麼能理解飛翔在天空中的滋味呢？

從出生開始，魏青從沒離開過籠子，卻在籠子裡大喊著自由。她才是季微口中那個在滾輪上的小白鼠，一直跑啊跑的，卻回不到過去，也跑不到盡頭，她仍然一個人被留在這裡。

身後傳來腳步聲，魏青轉頭，季微停在她的身後。她看著魏青，好像魏青是一片未知的薄冰，她遲疑著，最後仍然選擇走向她，走進了她的荒原。

季微什麼也沒說，就只是陪著魏青坐在那裡。

魏青望著她，這人怎麼如此頑固呢？不管把她推得多遠，甚至傷害了她，她卻看起來毫不費力，像是拍落衣服上的塵埃那麼輕易，繼續堂而皇之走進魏青的世界，帶著一片明亮的自由，穿透她黯淡的黑夜。

她們沉默了好久，沉默到魏青都覺得時間是不是靜止了？直到周圍傳來學生的嬉鬧聲，她才發現她們還在這裡。

魏青回想這段日子所發生的事，季微總是來到她的身邊，就這樣靜靜地坐著，像是她什麼都懂了。

她始終在相信著什麼呢？魏青忽然很想知道。

自己能不能，也努力去相信一次呢？

魏青看著她，眼神帶有某種未知的熱切，季微還沒能理解魏青的意圖，直到她感受到她呼吸裡溫熱的氣息。她靠近她，再也沒有分開。

Chapter *10*

夏

學生們退場了，三十四天的罷課正式落幕，梅雨季的雨還在下。

公布欄上的罷課傳單只剩下斷簡殘篇，廣場散落的標語被雨淋得模糊一片。

窗外的雨仍在下著，抗爭物品被收到了箱子裡，擺在客廳的角落，鋼琴上的書也被整理在一旁，露出鋼琴完整的樣貌。

有天魏青看著鋼琴許久，內心有股驅動的力量在牽引著她，她打開琴蓋，在黑白琴鍵上彈了幾個音，每一個琴音，都在敲擊這些年來，她為了自我保護，掩蓋在心上堅固厚重的硬殼。

魏青有點害怕，她想把琴蓋給蓋上時，季微忽然從背後抱住她，阻止她蓋上琴蓋，魏青遲疑，「我怕我彈不好……」

「沒關係，我想聽。」季微在她的耳邊說。

魏青坐到琴椅上，她生澀地彈起幾個小節，季微在旁邊陪著她，久未發出聲響的鋼琴，像是新生的嬰兒般，再次彈出完整的旋律。

其實魏青知道，琴聲從來沒有消失過，仍然日夜在她的心裡迴盪，等待一個人讓她重新彈奏。

後來魏青彈了一首又一首的鋼琴曲，魏青在彈琴的時候，季微會坐在沙發上畫畫，彼此在自己的世界裡，又在同一個世界裡，這種狀態讓魏青既安心又平靜。

有一天阿光來拿系學會的東西，他看到魏青在彈鋼琴，有點訝異：「我從來沒聽過你彈鋼琴。」

魏青什麼都沒解釋，是啊，她從來沒有在阿光面前彈過鋼琴，阿光甚至沒問過她鋼琴的事，好像那顯而易見的鋼琴只是一座巨大的擺飾。

那個下午，阿光翻到了季微的畫冊，一開始還有學生的群像，但隨著罷課經過，背景漸漸模糊，只剩下魏青的面容是清晰的，那些魏青的神情和姿態，都看得出作畫者的情感所向，最後幾張魏青裸睡在床上的速寫，作畫者與畫中人的關係毫無掩飾，他有些震驚，「你們……？」

阿光看著兩人，季微不打算否認，魏青也沒有說話。

阿光才明白，在魏青與他的關係裡，為何始終有他無法到達的地方；也明白在罷課退場的那天，他曾試探季微的情感，但季微拒絕他的期待：「我已經有喜歡的人了。」

當時季微的那份回答，帶著沒有一絲模糊空間的篤定。

那是阿光最後一次來到魏青的公寓，他帶走了抗爭的物品、系學會的東西，帶走了他的挫敗和可笑的自尊。

學校恢復了日常的模樣，學生們一樣在走廊上聊天，講著下課後的聯誼或遊玩。泰德恢復學籍，系主任簡永行被調到別的學校，美術系暫時由代理的系主任主持，一切訴求都得到回應，罷課看似好像成功了。

每當季微再經過廣場時，總會對眼前的和諧感到一種斷裂，那些廣場上的吶喊，恍如另一個平行時空裡的回音，有時她會懷疑，那些抗爭真的曾經存在、發生過嗎？

有時候她會看見懵懂天真的自己，站在廣場的中間，帶著盼望的眼神看著她，那時候她真的相信他們可以改變一切。

「你覺得，我們真的改變了什麼嗎？」季微問魏青。

「抗爭是不會結束的。」魏青淡淡説著，彷彿所有的抵抗都只是一種日常。

學期末的時候，美術系的布告欄上貼了張懲戒表，季微、心美和好幾個參與罷課的學生們都被記了過，記過理由分別是：「毀壞校譽」、「侮辱師長」。

即使在公聽會鬧上這樣一齣，魏青再度因為父親的關係，全身而退。魏青知道這消息時覺得既悲哀又可笑，他以為身為一個父親的方式就是這樣，控制她的一切，以為這是為她好、保護她和愛她。

「其實我根本不喜歡念法律系。」某個下午，她們又坐著公車到海邊，在海風的吹拂下，魏青這樣説著。

罷課後魏青成為唯一沒有被懲戒的對象，遭受到學校一些學生的耳語和眼光，這讓魏青更覺得自己被劃分開來。他人眼裡優勢的特權，卻像刺在她額頭上的犯罪印記，她因為自己跟他人不一樣而感到羞恥。

「我還比較希望被退學，那至少讓我覺得舒服一點。」魏青說。

「那你可以不要上學啊！」季微說得天真，「不是每個人都一定要跟大家一樣吧，也沒有人說大學一定要念完。」

「不念大學的話要做什麼呢？」

「你想做什麼呢？」季微聳聳肩，「你可以有你自己的選擇啊！」

季微如此簡單的話語，卻提醒了魏青幾乎要忘了的事。

魏青想起很久以前，鋼琴老師說她可以為了自己而彈琴時，她亂彈了一首兒歌。那時她的快樂那麼簡單，不為任何人、甚至不是老師，只為了自己，那是她的選擇。

這麼多年來，她卻放棄了選擇的能力，僅是不斷地推著那塊大石到山上，然後怒罵神祇的懲罰。但其實她可以走自己的路，就算要繼續推著巨石，有季微在身邊，她也能推得幸福一點吧！

那天晚上，她們在沙灘上聊了一整夜，晚春的夜少了寒意，已經要走到下一個季節了。

後來魏青睡不著，她看著季微熟睡的表情，想記下這一刻的她，於是在自己的筆記本上，開始畫起了季微的模樣。

「果然是鬼畫符吧？」

隔天魏青將拙劣稚氣的畫作送給了季微。

季微看了只是笑著，彷彿她收到的是一封情書。

「怎麼樣啦？」

「還不算太糟啦！」

魏青露出難得的害羞表情，季微第一次見到魏青這個模樣，忍不住上前握住了魏青的手，十指緊緊扣著。

清晨日出的陽光灑在海面上，眼前像是一片金黃色的草原。

「日出了，太陽升起了呢。」季微說著。

晨光燦爛中，季微的微笑像太陽那般溫柔無懼。

在那片蒼白無盡的冰原裡，魏青不再是自己一個人。在她頹喪崩潰或是脆弱不堪的時候，季微會穿越荒煙蔓草，陪在她的身邊。她不用拯救或是指引她，就算會在這荒原裡找不到方向也沒有關係，不管發生什麼事，她都會緊緊握住她。

夏天來了。

整片的冰山會慢慢融化，也許塵封的冰原有一天也會融解，她可以在廣大的天地之間與她一起走過風花雪月、陽光燦爛或是大雨淋漓的日子。

青春並不溫柔

蘇奕瑄　著

發行人　郭燈佳
編輯　賴凱俐
裝幀　朱疋
出版　島座放送
+886 2 2941 0495
235 中和宜安郵局第 3 號信箱
https://www.islandset.com
印刷　沐春行銷創意有限公司
+886 2 2222 6570
235 新北市中和區板南路 486 號 2 樓
總經銷　紅螞蟻圖書有限公司
+886 2 2795 3656
+886 2 2795 4100(Fax)
E-mail red0511@ms51.hinet.net
114 臺北市內湖區舊宗路 2 段 121 巷 19 號
初版發行　2025 年 2 月 28 日
ＩＳＢＮ　978-626-99354-0-6
劃撥帳號　島座放送有限公司 50263371
讀者信箱　reader@islandset.com
定價　新臺幣 380 元

Printed in Taiwan

國家圖書館出版品預行編目 (CIP) 資料

青春並不溫柔 / 蘇奕瑄著 . -- 初版 . -- 新北市 : 島座放送 , 2025.02
192 面 ; 14.8×21 公分
ISBN 978-626-99354-0-6(平裝)
863.57　113019400

島座放送